KB210004

셋셋

셋셋

2025

김혜수

이서희

김현민

이지연

양현모

전은서

차례

여름방학

김혜수 | 인천에서 태어났다. 고등학교를 졸업하면서 글 쓰는 사람은 되지 말아야겠다고 다짐했지만 부끄럽게도 서른이 넘어 다시 쓰기 시작했다. 이상한 글을 쓰더라도 포기하지 않고 계속 쓰는 것이 꿈이다.

엄마는 그곳에 가면 모든 게 다 해결될 거라 말했다. 하나님의 사랑으로 모든 것이 다. 이제 막 집으로 들어온 나는 신발도 제대로 벗지 못하고 어정쩡하게 서서 엄마를 바라보았다. 엄마는 말을 계속 이어갔다.

"서울에서 하는 '성경 100독' 세미나인데 거기 가면 성경을 100번 읽을 수 있는 방법을 알려준대."

"……."

"정말 모든 게 다 해결될 거야."

엄마는 '다 해결될 거야'라는 부분에서 힘까지 주어 말했다. 창밖에서 매미 소리가 거칠게 귀를 긁어내는 8월 초의 오후였다. 엄마의 말과 매미 소리가 한데 엉켜 나는 좀처럼 엄마의 말을 이해하기가 어려웠다.

나는 일단 '모든'에 해당하는 우리의 문제들이 얼마나

많은지 갈피가 잡히지 않았고, 두 번째로는 교회를 다닌지 얼마 되지도 않아 하나님의 사랑이 도대체 무엇인지 잘 알 수도 없는데, 그 알 수 없는(어쩌면 있는지 없는지도 확신할 수 없는) 사랑이 모든 걸 다 해결해준다는 말이 마치 나에게는 텔레비전에서만 볼 수 있는 god의 계상 오빠가 갑자기 나를 찾아와 사랑 고백을 하는, 뭐 그런 허무맹랑한 소리 같았다.

부엌 끝에서 밥솥에 달린 추가 팽팽 돌아가는 소리가 들려왔다. 엄마는 다시 부엌으로 돌아가며 말을 이었다.

"가는 거야. 알겠지?"

나는 거실 바닥에 앉아 비디오에 음악 방송이 녹화된 테이프를 넣고 재생시켰다. 텔레비전에서 단발머리의 여자 MC가 무대 위의 가수를 소개하는 영상이 나왔다. "다음 무대는 우리의 다섯 명의 작은 신 god가 부릅니다. 〈거짓말〉!" 나는 텔레비전 앞으로 다가가서 부엌 쪽에 소리가 들리지 않도록 볼륨을 두 칸 내렸다. 엄마는 내가 좋아하는 남자 아이돌을 싫어했다. GOD를 소문자로 써서 '작은 신'이라는 뜻을 가졌다는 이유에서였다. 그건 신성모독이라고 말했다. 내가 신성모독이 뭐냐고 물으니 엄마는

"넘봐서는 안 되는 걸 넘보고 심지어는 그걸 뺏어 자기 것인 양 하는 짓"이라고 대답했다. 나는 그럼 큰집에서 우리한테 한 일도 신성모독인지 물었다. 엄마는 그건 또 다른 문제라고 말했다.

내가 열한 살이 되었을 때 아빠는 무단 횡단을 하다가 교통사고로 죽었다. 장례식이 끝난 후부터 큰집 식구들은 돌아가며 보초를 서듯 아침부터 밤늦게까지 우리 집 거실 소파에 앉아 있다 가곤 했다. 처음엔 우리 모두 사랑하는 사람을 잃었으니 그 슬픔을 서로서로 잘 다독이기 위해 찾아오는 거라 생각했다. 아빠와 나 그리고 큰아빠와 삼촌은 서로서로 닮았으니, 각자의 얼굴을 보는 것만으로도 위로가 되어 찾아오는 것이라고. 하지만 며칠이 흐르고 아무 말 없이 자리에 앉아 있었던 삼촌이 엄마의 화장대와 내 방 옷장을 거칠게 휘젓는 것을 보고 나서야 큰집 사람들이 아빠가 보고 싶어서도 아니고, 그렇다고 서로를 위하는 마음으로 소파에 앉아 있었던 것도 아님을 알게 되었다. 큰집 사람들은 스프링이 푹 꺼진 소파에 앉아 종일 엄마만 노려보았다. 몇천만 원 되는 아빠의 생명보험

금을 들고 도망가지 않을까 싶어서였다.

우리가 큰집 사람들 몰래 도망가던 날 엄마가 풍겼던 냄새를 기억한다. 정신없이 짐을 옮기느라 맞았던 비와 시큼한 겨드랑이 땀 냄새. 엄마는 시댁에 돈을 내주는 대신 야반도주를 선택했다. 비가 거세게 쏟아지던 밤이었다. 아빠의 짐은 트럭에 싣지 않았다. 단 하나, 아빠가 나에게 선물한 소형 카세트 플레이어만이 책가방에 실려 우리와 함께 떠났다. 짐을 싣느라 비에 흠뻑 젖은 엄마와 나에게선 비릿한 냄새가 났다. 비에 젖었기 때문이었을까. 전혀 춥지 않은 날씨였는데도 몸이 사시나무 떨리듯 덜덜 떨렸고, 어디선가 한기가 느껴지는 듯했다. 나는 어금니로 볼살의 안쪽을 깨물며 이 밤이 어서 지나가기를 바랐다. 그러나 어쩐 일인지 어른이 된 후에도 나는 종종 비가 거칠게 내리던 그 밤으로 돌아가곤 한다. 무자비하게 빗금 치며 내리는 폭우 속을 트럭은 달리고 있었다. 나는 조수석에 앉아 있는 엄마의 얼굴을 바라보았다. 엄마는 창문 밖을 내다보고 있었다. 어둠과 폭우로 인해 아무것도 보이지 않는 어딘가를. 꾹 다물고 있는 엄마의 얇은 입술이 두툼한 내 입술과 너무 달라 보였다. 엄마의 손을 꽉 잡았지만 엄마는 여전히 내 쪽으로 시선을 주지 않았다. 엄마의 손등을 가볍게 치며 불러보았다. 그녀의 야윈 손은 물기 없이 마른 나뭇잎처럼 금방이라도 바스라질 것 같았고, 도로를 달리는 트럭의 소음으로 인해 내 목소리는 엄마에게 전해지지 않았다. 엄마는 여전히 창밖만을 바라보고 있었다. 무표정했던 엄마의 표정. 오래전 주방에서 맥주를 마시던 엄마의 얼굴이 떠오른다. 베란다의 큰 창으로 들어온 주황빛 석양이 끈적끈적하게 거실 중앙까지 묻어 있던 오후, 부엌에 앉아 맥주를 마시던 엄마의 표정. 너무나 외로워 보여서 나까지 쓸쓸해졌던 그 얼굴로 엄마는 창밖을 내다보고 있었다. "엄마"라고 작게 부르자 엄마는 무뚝뚝한 표정으로 날 쳐다보고는 다시 창밖으로 고개를 돌렸다. 나는 그렇게 꽤 오랜 시간을 엄마에게 버려질까 두려워하며 자랐다.

큰집 가족들 몰래 도망가던 밤, 나는 엉엉 울고 싶었지만 목울대에 힘을 주어 울음과 함께 침을 삼켰다. 엄마는 우는 사람을 제일 싫어했기 때문이다. 엄마는 아빠도 싫어했다.

아빠는 그 누구와도 사이가 좋지 않았다. 이 세상에서

살기에는 온몸이 부대끼는 사람, 그래서 다른 사람들을 불편하게 만들지만 제일 불편한 건 본인인 사람. 엄마는 아빠를 그렇게 이야기했다. 그러면서 아빠와 제일 닮은 너만은 아빠를 이해해줘야 한다고 말했다. "넌 얼굴도 성격도 아빠와 똑같기에 그래야 한다." 엄마는 아빠를 싫어했지만 너만은 그래서는 안 된다고 말했다. 그래서 나는 아빠를 이해하려고 노력했다. 밤마다 아빠가 방에 붙여준 야광 별을 바라보면서, 그 야광 별이 빛을 잃고 희미해져 갈 때도 나는 문밖에서 엄마와 싸우는 아빠를 이해하려고 했다. 그건 너무 어려운 일이었고, 그래서 아빠가 죽었을 때 이젠 더 이상 아빠를 이해하려고 노력하지 않아도 되겠구나, 하는 작은 안도감이 들어 소름이 끼쳤다. 스스로 그런 생각을 한다는 게 죄책감이 들었다. 그래도 죽은 사람을 미워하는 사람은 없으니까. 텔레비전 드라마에서 보면 모두가 죽은 사람을 그리워할 뿐이니까. 그러나 비가 오던 그날 밤에, 아무도 모르게 인천으로 엄마와 도망치던 그날 밤에 나는 죽음이 모든 걸 해결해주지는 않음을 조금 알게 되었던 것 같다.

엄마는 인천에서 오래된 빌라가 많은 곳에 자리를 잡았다. 그 동네에서 우리의 얼굴을 아는 사람은 아무도 없었다. 큰집 식구들도 절대 찾지 못할 곳이었다. 5층 정도 되는 고만고만한 빌라들이 몰려 있는 동네에서 우리는 제일 안쪽, 그리고 제일 아래층에 몸을 숨겼다. 이삿짐을 정리하고 엄마는 사흘을 계속 잠만 잤다. 중간중간 일어나 물을 마시거나 화장실을 가기도 했지만 잠시였고, 내가 말이라도 붙이려고 하면 손을 내저으며 방으로 들어가 잠을 잤다. 깊게 잠들지는 않았지만 얕고 긴 잠을 잤다. 배가 고파서 라면이라도 사 먹으려고 엄마를 작게 부르면 엄마는 대충 돈이 있는 곳을 잠꼬대처럼 알려주었다. 그러면서도 완전히 깨어나지는 않았고, 나 역시 엄마를 깨우고 싶은 마음은 없었다. 엄마에게 잠이 필요하다는 걸 나는 알고 있었다.

엄마가 잠들어 있는 동안 동네 이곳저곳을 쏘다녔다. 하루는 빌라 사이사이를 돌아다녔고, 다음 날은 가지고 온 짐 중에서 유일하게 남은 아빠의 유품인 카세트 플레이어를 꺼내 공터에 앉아 노래를 들었다. 사흘째 되던 날에는 동네에 트램펄린이 있다는 걸 발견하고 500원을 챙겨 들고 나갔다. 근처 학교에서 들려오는 아이들의 소란을 들으며 나는 혼자서 열심히 트램펄린 위를 폴짝폴짝 뛰어다녔다.

사흘 동안 잠들었던 엄마는 깨어나자마자 구청에 가서 내 전학 신고를 했고, 돌아오는 길에 버스 정류장에 꽂혀 있는 〈벼룩시장〉 한 부를 가져와 일자리 코너를 샅샅이 훑어보았다. 다음 날 나는 학교에 갔고 엄마는 마트로 출근했다. 월요일부터 토요일까지, 오전 8시부터 오후 4시까지 엄마는 마트 안에 있는 물건들을 진열하고 계산하고 가끔은 손님들에게 이유도 모르게 욕을 먹으며 일했다. 그렇게 1년이 흐르는 동안 엄마는 물건을 옮기느라 손마디가 굵어지고, 카운터에서 계산을 하느라 오래 서 있어서 그런지 키가 1센티미터 정도 줄어들었다. 그동안 나는 키가 166센티미터가 되었고 생리를 시작했다. 키가 훌쩍 자란 나는 더 이상 엄마를 볼 때 위로 쳐다보지 않고 아래로 내려봤다.

*

나에게 생리대 사용법을 알려준 건 엄마가 아닌 세희였다.

5학년이 되어 학기가 시작되는 첫날, 담임선생님은 키 순서대로 자리에 앉게 했고 키가 제일 큰 세희가 맨 뒷자리에, 그 앞에는 내가 앉았다. 1교시가 끝나고 쉬는 시간이 되었을 때 세희는 자리에서 일어선 나를 불렀다.

"야, 너 지금 그거 해."

"어?"

세희는 "그거 한다니까, 그거!"라고 다시 힘주어 말했고 나는 여전히 무슨 말인지 몰라 미간을 찌푸린 채 세희를 쳐다보았다. 세희가 일어나 가까이 다가오더니 또박또박 말했다.

"생리한다고."

내가 놀라서 고개를 돌려 엉덩이 쪽을 보려 하자 세희는 "야, 남자애들이 보니까 일단 화장실로 가자" 하고 내 어깨에 손을 얹었다.

"자, 이거 써."

세희는 부르부르도그가 그려진 파란 파우치에서 생리대 하나를 꺼내 나에게 건넸다. 나는 세희가 건넨 생리대를 받아 들고 아무 말도 못 하고 서 있었다.

"너 이거 쓸 줄 몰라?"

내 반응에 잠깐 당황하던 세희가 파우치에서 생리대를 하나 더 꺼내 들었다. 그러고는 화장실 구석으로 나를 데려가서는 왼쪽 손바닥 위에 펼친 생리대를 붙이고 말했다.

"이거 간단해. 잘 봐봐. 손바닥이 팬티야. 여기다가 이렇게 생리대를 붙이고 양쪽 날개를 팬티 밑에다 이렇게 붙이면 돼. 할 수 있겠지?"

"어어……."

나는 화장실 칸에 들어가서 세희가 알려준 방법대로 생리대를 붙이고 나왔다. 아랫부분이 까슬해서 나도 모르게 걸음걸이가 뒤뚱거렸다. 세희가 내 등을 가볍게 치며 말했다.

"너 그렇게 들어가면 애들이 다 안다. 신경 쓰여도 신경 안 쓰이는 척 걸어봐. 금방 적응될 테니까."

세희는 아는 게 많은 아이였다. '스킨십'이라는 말도 '섹스'라는 단어도 다 세희가 알려주었다. 어느 날은 남자애들이 여자애들에게 다가와 "너희 엄마랑 아빠랑 옷 다 벗고 하는 게 뭔 줄 알아?"라고 짓궂게 말을 걸었다. 여자애들이 모르겠다는 표정으로 있으니 남자애들은 그 반응이 재밌어죽겠다는 듯 "아빠가 이걸로 막 엄마 쑤시는 거야. 뭔지 알려줄까?"라고 킬킬거렸다. 남자애들이 말하는 게 무엇인지 정확히는 몰랐지만 자기들끼리만 웃는 분위기가 기분 나빴다. 남자애들이 계속 알려줄 듯 말 듯하면서 이상한 말을 늘어놓자 뒷자리에 앉아 있던 세희가 남자애들에게 소리를 질렀다.

"섹스! 섹스! 병신들아, 뭐 대단한 거 안다고 지랄이야!"

일순간 세희에게 아이들의 이목이 집중되었다. 시끄러웠던 교실이 조용해지고, 남자애들은 세희의 화난 목소리에 기가 눌렸는지 입을 여는 사람이 아무도 없었다.

"야, 꺼져. 꺼지라고. 나가서 공이나 차. 병신 새끼들."

"너 그때 졸라 멋있었어." 바닥에 배를 깔고 누워 〈WAWA109〉 잡지를 보는 세희에게 얼굴을 들이밀며 내가 말했다.

"야 야, 얼굴 치워. 우리 오빠들 가린다. 호영이 오빠 졸라 귀엽게 나왔네. 사진 오려 가도 돼?"

우리는 항상 함께 다녔다. 좋아하는 아이돌 가수가 같았고, 세희도 나처럼 아빠가 없었기에 확실히 세희와 대화하는 게 다른 애들과 말하는 것보다 편했다. 우리는 언제나 학교가 끝나면 세희네 집에 가서 시간을 보냈다.

세희는 자기가 태어나기도 전에 부모님이 이혼을 했다고 엄마에게 들었는데 아무래도 그 말이 거짓말 같다고 했다. 내가 "왜 그런 거짓말을 너한테 해?"라고 물으니 세희는 "글쎄, 뭐 어른들만의 사정이겠지"라고 대답했다.

세희 엄마는 버스를 타고 세 정거장 떨어져 있는 요양 시설에서 일했다. 가끔 세희네 엄마가 야간 근무를 하는 날이면 세희가 우리 집에 와서 자고 가는 날도 있었다. 세희는 내 컴퓨터에 버디버디를 깔아주고는 자신의 아이디 '딸긔맛사탕a'와 비슷한 '레몬맛사탕a'로 내 아이디를 만들어주었다. 우리는 헤어지고 나서도 다시 컴퓨터 메신저로 들어가 계속 이야기를 주고받았다. 세희는 나한테만 알려주는 거라며 도깨비 말도 가르쳐줬다.

"문세희를 도깨비 말로 하면 무순세세희스ᅴ, 라고 말하면 되는 거야. 네 이름은 어떻게 말하면 되겠어?"

"바삭으슨지신?"

"맞아, 잘했어. 박은진이니까 바삭으슨지신, 이라고 말하면 돼. 알겠지?"

"바삭으슨지신…… 바삭으슨지신…… 야, 너무 분신사바 같지 않아? 이상해."

"바보야. 그러니까 도깨비 말인 거야. 이렇게 말하면 아무도 못 알아들어."

"……."

"이제 너는 으슨지신이야. 나는 세세희스ᅴ이고."

나는 세희가 알려준 내 새로운 이름을 자연스럽게 발음하기 위해 몇 번이고 연습해보았다. 세희와 도깨비 말로 대화를 하면 별스럽지 않은 말도 우리끼리만 공유하는 비밀이 된 기분이 들었다. 으슨지신과 세세희스ᅴ는 우리의 세계를 더욱 공고하게 만들어주는 주문처럼 들렸고, 나는 그게 마음에 들어 몇 번이고 내 이름과 세희의 이름을 소리 내 불러보았다.

— 오소느슬 짜싸즈승 나사느슨 이실 이싰어섰어서.

— 무수스순 이실?

— 어섬마사가사 나사하산테세 내샘새새가사 나산대새.

— 아사…….

— 나사하산테세서서 내샘새새 나사?

세희에게 말은 하지 않았지만 곁에 가면 머리에서 군내가 났었다. 세희 방에 놀러 가면 곳곳에 그 군내가 더 짙게 배어 있었다.

— 모르게셌느슨데세ㅋㅋㅋ 그스래래도소 에셀라사스스티신으스로소 가삼아사봐솨ㅋㅋ.

— 어섬마사 짜싸즈승 나사ㅠㅠㅠ.

세희의 메시지에 'ㅠㅠ'라고 버디버디 답장을 보내려는데 세희에게서 먼저 메시지가 왔다.

— 이실요쇼이실에세 마산나사느슨 거서?

— 교쇼회쇠 가사야샤 해새ㅠㅠ.

— ????

엄마는 순전히 먹고 살기 위해 교회를 가는 거라 했었다. 일하고 있는 마트의 여자 사장이 독실한 신자였는데 본인이 다니는 교회에서 '5월 새 신자 초대 행사'를 연다면서 여유가 있으면 한번 구경 오라고 넌지시 말을 던졌다고 했다. 마트에서 일하며 딱 한 번 쉴 수 있는 날이 일요일이었다. 사실상 강제적으로 부른 거라고 엄마는 집에 와서 화를 냈다. 그렇다고 안 갈 수는 없었다. 엄마가 다른 사람들 눈치를 보아하니 뒤에서는 투덜거리지만 모두 교회에 가서 머릿수를 채워주고 권사인 사장의 체면을 세워줄 모양이라고 말했다. 본인만 안 가면 앞으로 마트에서 일하는 게 빡빡해질 테니 가기 싫어도 억지로 가야 한다고. 그러면서 기왕 눈도장 찍으러 가는 거 나도 데리고 가서 확실히 눈에 띄면 좋겠다고 했다. 엄마가 종종 사장 때문에 힘들어하는 걸 봤기 때문에 나는 군소리 없이 고개를 끄덕였다.

엄마 말대로 교회에 가니 마트에서 일하는 아저씨, 아주머니가 모두 있었다. 다들 이곳에 온 것이 탐탁지 않아 보였지만 사장 앞에서는 불편하지 않은 척 환하게 웃어 보였다. 교회 사람들이 마트 사람들 주변으로 다가와 살갑게 웃으며 "주님의 이름으로 환영합니다. 축복해요" 하고 말을 건넸다. 내가 교회에 간다고 하니 세희가 비아냥거리는 투로 말했던 게 생각났다.

"거기 가면 사람들이 밑도 끝도 없이 주님의 이름으로 환영한다, 축복한다, 라고 말할걸. 그거 다 가벼운 인사말이야. 크게 감동받을 것도 없는 말. 나도 가봤거든, 교회."

엄마 주위로도 한복을 곱게 입은 중년의 여자들이 다가왔다. 그녀들은 엄마의 손을 잡으며 온화한 눈길과 다정한 목소리로 말했다.

"잘 왔어요. 사랑하고 축복합니다."

그때 엄마의 표정은 얼떨떨하다고 해야 하나 아니면 감동을 받았다고 해야 하나. 환대를 받아본 적 없는 사람의 어색한 얼굴. 나로서는 난생처음 보는, 유약해진 엄마의 표정이었다. 언제나 화나 있고 굳은 엄마의 얼굴만 보다가 그런 표정을 보고 있으니 신기하기까지 했다. 엄마는 한복을 입은 권사들의 손길에 이끌려 교회 본당으로 들어갔다. 엄마를 놓친 나는 교회 안으로 들어가기가 머뭇거려졌다. '새 신자 대축제'라고 적힌, 여러 번 사용한 게 확실해 보이는 낡은 현수막이 바람에 힘없이 펄럭거리고 있었다.

"그스래새서서?"

"아사니니, 아, 못 하겠다. 도깨비 말 어려워."

"바보냐. 도깨비 말이 얼마나 쉬운데. 아무튼 그래서?"

엘라스틴 샴푸 한 통을 다 쓸 기세로 세희는 욕조 쪽에 허리를 숙이고 머리를 감고 있었다.

"엄마가…… 교회가 마음에 드나 봐. 다음 주부터 교회에 다니재."

"다음 주부터?"

"응."

나는 세희에게 엄마가 울었다는 이야기를 차마 하지 못했다. 예배가 끝나갈 즈음 단상에 선 목사는 새로 온 사람들을 보고 자리에서 일어나라고 말했다. 한데 뭉쳐 앉아 있던 사람들이 우르르 일어나자 피아노를 반주하는 사람이 찬송가를 연주하기 시작했다. 교인들이 익숙한 듯 피아노 반주에 맞춰 "너는 하나님의 사람, 아름다운 축복의 사람"이라며 노래를 불렀다. 그 순간 엄마를 바라보는데 엄마가 눈물을 펑펑 흘리며 울고 있었다. 노래가 끝나고 자리에 앉자 앞줄에 앉아 있던 마트 사장이 엄마 쪽을 돌아보며 "은혜받았네, 할렐루야"라고 환하게 웃었다. 사람이 울고 있는데 환하게 웃는 사람들의 얼굴이 이해되지 않았는데, 엄마는 이내 울음을 그치고는 "네"라고 대답했다. 엄마보다 한참은 어려 보이는 사장이 반말로 "이럴 땐 아멘, 이라고 말하는 거야"라고 했다.

"야, 머리 냄새 맡아봐. 어때? 전지현 냄새 나?"

머리를 감고 나온 세희가 정수리를 나에게 들이밀었다. 나는 세희의 정수리에 코를 박고 몇 번 킁킁거리는 척했다. 세희의 머리에서는 달달한 섬유유연제 냄새가 났다.

"어, 완전. 전지현 냄새."

세희는 만족스럽다는 듯 화장실로 들어가 머리를 말리기 시작했다. 나는 세희가 풍긴 샴푸 냄새와 방에 고인 군내가 섞여 묘하게 역하다고 느꼈다. 그리고 군내가 세희의 방에서만 나는 게 아니라 내 머리에서도 흘러나오고 있다는 걸 깨달았다. 우리는 머리를 어떻게 감아야 하는지 부모님한테서 배운 적이 없었다. 우리는 눈치껏 알아서 자라고 있었다. 어른이 되어 그때를 돌아보니 헛헛한 마음이 든다. 아이들이 눈치껏 자라면 분명 무언가를 놓친 상태로 자라버린다는 걸 이제는 알기 때문이다. 그때 놓친 것들은 지금에 와서 다시 찾으려 해도 잡히지 않는다.

엄마는 누구보다 열정적으로 교회에 나갔다. 일주일에 한 번 쉬는 일요일이 아깝지도 않은지 종일 교회에서 잡다한 일을 하며 보냈다. 여자 집사님들과 함께 아침에 일찍 가서 강대상과 교회 구석구석을 청소했고, 점심에는 성도들의 점심을 만들고 설거지를 했다. 교회 부업 때문에 정작 예배를 제대로 드리는 날은 적었지만 엄마는 교회에 있는 것 자체가 행복해 보였다. 그런 엄마의 모습이 싫지만은 않았다. 엄마는 종종 새벽 예배를 마치고 돌아와 선잠에 빠져 있는 내 머리 위에 손을 얹고 나를 위한 기도를 해주곤 했다. 작은 목소리로 "은혜가 많으신 하나님

아버지. 우리 딸의 앞길에 은혜를 부어주시고, 총명한 두뇌를 주시어 주님이 예비하신 은혜의 자리에 가게 하옵시고……"라고 뱉는 그 수많은 은혜의 말보다 엄마의 서늘한 손이 내 머리 위에 놓여 있는 것 자체가 좋았다. 기도뿐이라도 그녀가 여전히 날 사랑하고 있음을, 날 버리지 않으리라는 믿음이 나를 안심시켰기 때문이다.

엄마와 내가 교회에 등록하고 몇 주 뒤 주말에 놀 사람이 없다는 핑계로 세희도 나를 따라 교회에 나오기 시작했다. 아니 '다시 교회에 나왔다'라는 말이 맞겠지. 주일학교 선생님들은 모두 세희를 아는 눈치였다. 딱히 반갑지는 않은 얼굴로 세희에게 인사를 건넸다.

우리는 예배 시간이면 제일 뒷자리에 앉아 조용히 도깨비 말로 소곤거렸다. 그즈음 나는 세희만큼이나 도깨비 말을 잘하게 돼서 우리에게선 '스스스스' 하는 소리가 끊이질 않았다. 주일학교 선생님이 조용히 하라고 주의를 주면 세희는 당돌하게 "방언기도한 거예요"라고 받아쳤다. 선생님한테 이야기를 들은 엄마가 몇 번 우리에게 주의를 줬지만 우리는 여전히 둘이서 스스스스 하며 소곤거리기 바빴다.

여름방학이 시작되자 우리는 학교에 머물던 시간만큼이나 더 붙어 다녔다. 세희는 버디버디로 만난 오빠들과 나눈 대화를 스스럼없이 나에게 알려주었다.

"좀 그렇지 않아? 만난 적도 없으면서 어떻게 널 사랑한대?"

"이게 바로 플라토닉러브라는 거야."

"플라스틱?"

"플라토닉, 멍청아."

"그게 그거구먼. 넌 이 오빠가 좋아?"

"나쁘지 않은 것 같아."

"그럼 예전에 메시지 주고받았던 다른 오빠는?"

"그 오빠도 나쁘지 않지."

"문세희, 바람둥이구먼."

"뭐래, 사랑은 많을수록 좋은 거야."

"그럼 너는 나도 사랑해?"

순간 아무 생각 없이 입 밖으로 튀어나온 말에 세희가 나를 빤히 쳐다보았다. 어색해진 분위기에 "야, 요즘 우리 엄마가 내 머리 위에 손 올려놓고 기도해준다"라고 말을 뱉었다.

“〈가을동화〉에서 나오는 거?”

“어어, 너의 죄를 사하노라.”

내가 장난스럽게 세희의 머리에 손을 얹고 키득거리니 세희가 머리를 털었다.

“야, 그거 말고 내가 좋은 거 알려줄게.”

세희가 알려준 건 ‘기절 놀이’였다. 우리는 뒷마당 구석에서 마주 보고 섰다.

“이거 내가 집에서 혼자 해보려고 했는데, 나도 모르게 숨이 쉬어지니까 네가 도와줘.”

“이거 위험한 거 아니야?”

“아냐, 잠깐 기절하고 다시 일어나.”

“…….”

“기절할 때 키스하는 것처럼 기분이 좋아진대.”

세희는 내 손을 들어 올려 자신의 목을 감싸 쥐게 했다.

“내가 숨 참고 있을 테니까 세게, 세게 눌러.”

내가 제대로 힘을 주지 않으니 세희는 자신의 손을 내 손 위에 포개어 있는 힘껏 눌렀다. 몇 초 정도 세희의 목을 누르고 있었을까. 등 뒤에서 비명을 지르는 소리가 들렸다. 놀란 내가 세희의 목에서 손을 떼니 세희가 그대로 털썩 주저앉아 컥컥거렸다. 우리를 발견한 집사님들이 소리를 지르며 달려왔다. 세희가 나를 보며 희미하게 웃으며 뭐라 말했는데 잘 들리지 않았다. 매미 소리와 함께 스스스스 하는 소리만 들릴 뿐이었다.

집사님들께 사건의 전말을 전해 들은 엄마가 내 뺨을 때렸던가. 기억이 잘 나지 않는다. 엄마가 세희랑 어울려 놀지 말라고 소리를 쳤던 건 기억이 난다. 집사님들은 엄마에게 세희에 대해서 안 좋게 이야기를 했다. 아빠가 알코올중독이었고, 엄마는 애를 제대로 안 돌봐서 애가 영 아니라는 말들을 쉽게 엄마에게 전했다. 엄마는 내 방을 뒤져 세희에게서 받은 편지를 찾아내 북북 찢었다. 엄마는 나를 노려보며 말했다. "너랑 내가 같이 살고 있는 게 다 누구 은혜인데 이런 불경스러운 걸 갖고 있니?"

*

엄마 손에 끌려간 세미나실 안에는 스무 명 남짓한 사

람이 앉아 있었다. 이상하게도 그곳에 앉아 있는 사람들의 표정은 묘하게 엄마를 닮아 있었다. 피로가 한 꺼풀 덮여 있는 얼굴들. 30도가 넘어가는 날씨였지만 사무실 안에는 낡은 선풍기 두 대만이 사람들 머리 위에서 돌아가고 있었다. 목이 탔지만 정수기 따위는 없어 마른침만 계속 삼켰다.

"엄마……."

"사랑이 많으신 하나님 아버지, 저희를 이곳까지 안전히 인도하여주셔서 감사하옵고……."

당장이라도 밖으로 뛰쳐나가고 싶었다. 엄마의 목소리와 함께 주변에서 웅얼거리는 기도 소리가 귓가에 웅웅거리며 들려왔다. 내가 자꾸 꼼지락거리자 엄마는 내 손을 낚아챘다.

"너 여기 누구 때문에 왔는데, 다 너 때문에 온 거잖아. 조용히 있어."

'너 때문이야'라는 말은 엄마의 무기였다. 엄마는 자주 "네가 누구 덕분에 이렇게 살고 있는데"라던가 "다 너 때문이야"라는 말을 스스럼없이 내뱉었고 나는 그 말에 자주 상처를 받았다. 하지만 이번엔 그 말에 반박할 수 없었다. 세희의 목을 조른 건 나였으니까.

세미나 강사는 머리숱이 유난히 많아 보이는 오십대 남자였다. 그는 말끝마다 "믿습니다! 믿어야 삽니다!"라고 강조했다. 사람들이 그의 말에 큰 소리로 "아멘"이라 외쳤고 비정상적인 열기가 사무실을 가득 채우고 있었다. 그는 성경을 읽어야 내가 살고, 나라가 산다며 자신은 성경을 만 번 넘게 읽으면서 새로운 눈을 뜨게 되었다고 말했다.

"오늘 여기 오기 전에 주님께서 무언가를 보여주셨는데, 저기 엄마, 딸내미 데리고 앞으로 나와봐."

남자는 손가락으로 나를 지목했다. 나는 나가고 싶지 않았다. 엄마 손에 거의 끌려 나가서 남자 앞에 섰다.

"오늘 꼭 기도가 필요한 사람이 온다고 주님이 나한테 말씀해주셨는데, 기도 필요하지? 뭔 문제가 심각하게 있다고 하시네, 주님이."

그의 말이 끝나기가 무섭게 엄마의 입에서 "아멘"이라는 말이 나왔고 엄마의 반응에 자신의 말이 맞다고 여긴 남자는 신이 났는지 "봐봐, 내 말이 맞지. 내가 오늘 세게 기도해줄 테니까 엄마는 나갈 때 우리 카세트테이프, 그거 10만 원밖에 안 해. 꼭 사 가고, 알겠지?" 라고 했다.

남자가 내 머리에 손을 얹더니 강하게 누르며 기도하기 시작했다.

"자, 우리 이 학생을 위해서 다 같이 기도해줍시다. 다들 앞으로 나와서 손을 얹고 중보기도합니다."

남자의 말에 사람들이 우르르 몰려나왔다. 주변을 둘러싼 그 열기 때문에 나는 몸이 축축 처지기 시작했다. 어느 틈엔가 까무룩 정신을 잃었고 다시 눈을 떠보니 걱정하는 사람들의 눈이 나를 바라보고 있었다. 내가 깨어난 걸 확인하자 남자가 마이크를 쥐고 외쳤다.

"주님의 은혜야! 다시 새 사람 된 거나 마찬가지지! 박수 칩시다, 여러분!"

사람들이 "아멘" 하는 소리에 이어서 기도하는 소리가 공명처럼 왕왕 울렸다. 그때 나는 어이없음과 허탈한 웃음이 새어 나왔는데, 그러면서 왜 세희의 얼굴을 떠올렸는지 모를 일이었다.

세미나가 끝나고 사람들 손에는 싸구려 스티커가 붙

은 검은색 박스가 하나씩 들려 있었다. 어디서나 주님의 말씀을 들을 수 있도록 〈창세기〉부터 〈요한계시록〉까지 1.5배속으로 녹음한 테이프라며, 이 테이프를 30세트만 들으면 성경 100독은 일도 아니라는 남자의 말에 다들 그것이 구원이라도 되는 듯 사 들고 나왔다. 엄마의 손에는 두 개의 상자가 들려 있었다. 하나는 엄마가 들을 거, 다른 하나는 마트 사장에게 선물로 줄 거라 했다.

1호선 인천행 열차를 기다리는 사람들이 드문드문 서 있었다. 모두 상자를 손에 들고 있는 듯했다. 엄마는 박스 안에서 카세트테이프를 하나 꺼내 내게 카세트 플레이어가 있는지 물어보았다. 나는 건네받은 테이프를 카세트 플레이어에 넣고 한쪽 이어폰을 엄마에게 주었다. 플레이 버튼을 누르자 목소리에 아무런 높낮이도 없는 기계음이 빠르게 성경을 읽어 내려갔다. 그러다가 말하는 속도가 서서히 느려지기 시작하더니 카세트 플레이어 내부에서 테이프가 엉키며 탁 하고 멈추었다. 열어보니 테이프가 늘어져 엉망이 되어 있었다.

"아이고, 이 아까운 걸."

엄마는 엉킨 테이프를 조심히 꺼내 수습하기 시작했다.

나는 그 모습을 말없이 지켜보았다. 엄마가 말하는 구원을 이해하고 싶으면서도 이제는 그 구원이 나와 전혀 상관없는 일이 된 것 같았다. 열차가 들어오길 기다리는 사람들 손에 들린 카세트테이프 같은 건 구원이 아니라는 것을. 한편으로는 그게 엄마의 구원이라면 지켜주고 싶었다. 다만 이제는 엄마와 내가 전혀 다른 구원을 두고 살아가야 한다는 걸 어렴풋이 느꼈다. 나는 여전히 마른침을 삼키며 인천행 열차가 들어오기를 기다렸다. 곧 열차가 들어온다는 안내가 역사 안에 울려 퍼지기 시작했다.

*

성경 세미나를 다녀온 후 엄마 몰래 세희를 찾아갔던 적이 있다. 세희에게 내가 흐릿하게나마 알게 된 마음을 이야기한다면 분명 세희는 그게 무엇인지 정확하게 말해줄 수 있을 것 같았다. 뭐든지 알고 있는 세희에게 빨리 모든 걸 이야기하고 싶었다.

해가 진 운동장 구령대에 세희가 서 있었다. 오랜만에 본 세희는 앞머리 쪽에 금색으로 브리지 넣은 헤어스타일을 하고 있었다. 내가 "세희야!"라고 부르니 세희가 내 쪽으로 몸을 돌려 팔을 느리게 휘적거렸다.

우리는 시멘트로 만들어진 스탠드에 앉아 아무 말 없이 내가 사 온 뽕따를 빨아 먹었다. 계단 아래로 개미 무리가 줄지어 지나가는 게 보였다. 분명 세희를 만나면 하고 싶은 말이 많았는데 정작 얼굴을 보니 알 수 없는 어색함이 감돌았다.

"잘 지냈냐?"

먼저 입을 연 건 세희였다.

"응…… 너도 잘 지냈지?"

"뭐, 그럭저럭. 근데 너 나랑 있는 거 엄마가 알면 난리 나지 않아?"

"모르게 하면 되지."

"박은진이 엄마 몰래 뭘 할 수도 있어? 많이 컸네."

세희는 먹고 있던 뽕따를 개미가 기어가는 쪽으로 던졌다. 순간 줄지어 가던 개미의 대열이 무너지며 우왕좌왕 갈피를 잡지 못하고 흩어졌다. 세희가 말을 이어갔다.

"엄마가 그 교회 나가지 말래. 말이 많다고. 말이 많아지면 본인이 피곤해진다고."

"응……."

"나한테 뭐 할 말 있어서 부른 거 아니야?"

대열이 무너졌던 개미들은 어느새 세희가 던진 뽕따 쪽으로 몰려들어 파란 액체를 둘러싸고 있었다. 나는 내가 어렴풋이 알게 된 무언가를 세희에게 말하고 싶었다. 사실은 엄마가 사 온 테이프가 앞부분만 짤막하게 녹음되어 있고 나머지는 아무것도 없는 빈 테이프였다는 것. 하지만 엄마는 그걸 버리지 않고 테이프에 성경을 읽는 자신의 목소리를 녹음한다는 것. 그걸 보면서 나는 엄마가 찾아 헤매고 있고, 찾았다고 생각하는 구원이 사실은 아무것도 아니었다는 것. 그걸 알게 되었지만 여전히 나는 엄마를 위하는 마음에 아무 말 하지 않는다는 것. 그러면서 나는 여전히 나의 구원을 찾고 있지만, 어쩌면 찾을 수 없을지도 모른다는 것…… 것, 것, 것.

그 아득한 마음을 세희에게 말하고 싶었지만 그때의 나는 너무 어려서 그 마음을 세희에게 전하기가 어려웠다. 찡한 두통이 몰려왔다.

"야, 박은진. 너 지금 얼굴 진짜 이상해."

답답한 마음에 이상하게 일그러진 내 얼굴을 향해 세

희가 양손을 뻗어 두 볼을 감쌌다. 그러곤 말했다.

"지금 말하기 어려우면 다음에 말해도 괜찮아. 아직 시간은 많아."

*

재개발이 시작되고 가장 늦게 동네를 떠난 건 우리 집이었다. 엄마는 최대한 교회가 이전하는 동네로 이사를 가고 싶어 했다. 하지만 가지고 있는 돈으로 마땅히 갈 만한 집이 없어 이사를 미루다가 내가 회사 기숙사에 들어가면서 엄마 혼자 살 만한 방을 구할 수 있었다.

창문을 열고 이삿짐을 정리하다가 엄마의 침대 밑에서 카세트테이프 상자를 발견했다. 몇 번을 열어볼까 말까 고민하다가 끝내 상자를 열어보았다. 몇 개 남지 않은 테이프 중 하나를 꺼내 거실로 나와 카세트 플레이어에 꽂고 플레이 버튼을 눌렀다. 높낮이 없이 성경을 빠르게 읽어 내려가는 기계음이 흘러나오다가 딸깍하는 소리와 함께 젊은 시절 엄마의 기도하는 목소리가 흘러나왔다.

"사랑이 많으신 주님, 오늘도 우리를 사랑해주셔서 감

사하옵고…….”

그러다 이내 아무런 소리가 들리지 않았다. 테이프를 꺼내보니 검정색 테이프 필름이 아닌 투명한 필름이 길게 감겨 있었다. 망가진 테이프 필름을 잘라내고 그 부분을 셀로판테이프로 이어 붙여놓은 듯했다. 좁은 식탁 앞에 앉아 망가진 테이프를 고쳤을 엄마의 얼굴이 떠올랐다. 그때 엄마의 나이가 된 지금의 나는 테이프를 다시 카세트 플레이어에 넣었다. 투명한 셀로판테이프 부분이라 녹음이 되지 않을 걸 알면서도 녹음 버튼을 누르고 “아사지식도소 차삿지시…… 어서쩌서며선…… 모솟하살지시도소…… 그스래새도소…… 시시가산을슬……”라고 띄엄띄엄 소리 낸 뒤 멈춤 버튼을 누르고 테이프를 꺼내 들었다. 아무것도 녹음이 되지 않은 카세트테이프를 내 방 침대 밑에 밀어 넣었다. 영영 아무도 찾지 못하도록 깊이 밀어 넣었다. 그러곤 다시 짐을 꾸리기 시작했다.

지영

이서희 | 한겨레교육 작가아카데미에서 김성중, 김현영, 문지혁 그리고 하성란 선생님께 소설 쓰기를 배웠다. 앞으로 글을 쓰며 살아갈 방법을 찾고 있는 초보 소설가이다.

그해 나는 바냐의 대사를 이해하기 시작했다고 말해도 좋을 것 같다. 오, 맙소사……. 내 나이 마흔일곱인데, 만약에 예순 살까지 산다면 아직도 13년이나 남았어! 물론 나는 스물아홉이었고 운이 좋다면 앞으로 50년하고도 몇 년의 시간이 펼쳐져 있겠지만, 그동안 내가 살아온 시간을 두 배나 더 돌아야 하는 그 어마어마한 시간을 떠올릴 때면 나는 오 맙소사, 라고 외치지도 못할 만큼 숨이 막혀오는 것 같았다.

뭐 대단한 사연이랄 게 있는 것은 아니다. 세상의 모든 연극영화과에서 매년 쏟아져 나오는 졸업생의 수를 더하고, 십대에서 이십대까지 영화감독을 꿈꾸는 모든 지망생의 숫자를 더한 뒤, 실제로 영화계에 데뷔하는 한 줌의 사람들을 빼면 내가 기거하는 은하계가 완성된다. 누군가는 매일 같이 좌절하고, 술을 마시다가 질질 짜고, 죽음을 생각하다가 실제로 죽어버리고, 나중에는 그래, 죽으면 그만이지 뭐, 라는 생각으로 살아가고…… 그렇게 꺾이고 말라가며 한때 내가 꾸었던 꿈이 나를 산 채로 잡아먹는 괴물이라는 사실을 깨달아간다는 게 내가 속한 성운의 보편적인 서사다.

그러니 우는소리는 이쯤에서 그만두도록 하자. 자기 연민은 아주 지루한 이야기니까.

나는 지영을 '소설클럽'에서 만났다. 지영은 그곳을 SNS로 알게 되었고, 나로 말할 것 같으면 아르바이트생의 애환이 담긴 사연이 있었다고나 할까. 그날은 토요일이었지만 비가 내려 손님이 많지 않았고, 덕분에 나는 오랜만에 행복한 아르바이트생으로 아메리카노와 히비스커스 천혜향에이드를 만들 수 있었다. 우리가 '마녀'라고 부르는 고용주가 자본주의 화신의 모습으로 등장한 건 오후 5시 무렵의 일이었다.

"규호 씨, 혹시 〈바냐 삼촌〉 읽었나?"

마녀는 내게 물었고, 나는 오래전 현대연극사 수업에서

잠깐 다뤘을 뿐 희곡을 통독해본 적은 없다고 말했다.

"그럼, 오늘 소설클럽 진행 좀 해줘야겠는데. 매니저가 아파서 못 나온다네."

"방금 안 읽어봤다고 말씀드렸는데요……."

"앞으로 두 시간 남았으니까 준비할 시간을 줄게요. 그럼 소설클럽 진행하는 것까지 총 네 시간인데."

마녀는 주머니를 더듬어 지갑을 꺼냈다. 지갑 안에는 5만 원 지폐들이 두툼하게 포개져 있었다. 마녀는 그중 두 장을 만지작거리다가 한 장을 꺼내 내밀었다.

"밥은 우리 카드로 먹고, 출퇴근 카드에는 소설클럽 끝나는 시간까지 적어요. 그리고 이건 보너스. 해줄 거죠?"

나는 두 손으로 5만 원을 받으며 최선을 다해 준비해보겠다고 대답했다.

소설클럽은 내가 걱정했던 것보단 순조롭게 흘러갔다. 나는 둥글게 둘러앉은 사람들을 향해 오늘 매니저님이 몸이 좋지 않아서 급하게 대신 진행을 맡았다 말했고, 그러자 사람들은 다 이해한다는 듯 고개를 끄덕이며 내게 미소 지어 보였다. 그 뒤로 내가 진행자를 자처할 만한 순간은 거의 없었다. 왜냐하면 누군가는 〈바냐 삼촌〉의 줄거리를 요약해 왔고, 또 누군가는 흥미로운 의견에 추가적으로 질문을 던지기도 했기 때문이다.

그날 지영에 관해 기억나는 건 하늘색 반소매 니트를 입었다는 것과 머리를 묶어 올렸다는 것, 고개를 끄덕일 때마다 로우번으로 묶은 머리도 위아래로 흔들렸다는 것이다. 이야기가 단조로운데 무척 쓸쓸했다는 대학생의 말에도 끄덕끄덕, 세레브랴코프처럼 투덜거리고 불평이나 해대는 인간들을 나도 잘 아는데…… 하고 시작하는 중년 남자의 장광설에도 끄덕끄덕. 나는 저렇게 끄덕이다가는 애써 묶은 머리가 풀리진 않을까, 그런데 저 사람은 무슨 공감 협회에서 파견된 사람인 걸까, 그런 생각이나 하고 있었다. 그러던 어느 순간 우리는 눈을 마주쳤고 지영은 내게 질문을 건넸다.

"진행자님은 〈바냐 삼촌〉을 어떻게 읽으셨어요?"

지영의 물음에 사람들은 일제히 고개를 내게 돌렸다. 나는 얼굴이 달아오르는 걸 느끼며 〈바냐 삼촌〉을 눈물이 날 정도로 슬픈 실패담으로 읽었다고 말했다. 바냐는 학자를 후원하는 데도 실패하고 영지를 관리하는 데도 실패하며, 여동생을 지켜내는 데도, 나중에는 매부의 새 아내가 된 여자를 사랑하는 데도 실패하고, 아무튼 끝까지 종합적으로 실패하는 것 같다고.

"그렇기 때문에 〈바냐 삼촌〉은 비극이 아닐까요?"

몇몇 사람은 고개를 끄덕였다. 하지만 나를 마주 보던 지영은, 그때까진 끄덕끄덕 흔들기만 했던 고개를 가로저으며 자기는 〈바냐 삼촌〉이 비극이라 생각하지 않고, 바냐의 슬픈 실패담이라고도 생각하지 않는다고 말했다.

"바냐는 소냐를 통해서 구원에 이르잖아요."

나는 말의 내용보다는 지영의 어조에 놀랐다. 그건 진심으로 믿는 사람만이 낼 수 있는 목소리였기 때문이다. 이어서 지영은, 희곡에서 특히 감동적이었던 부분은 결말이었다고 말하면서 소냐의 마지막 대사를 낭독하기 시작했다. 우리는 천사들의 목소리를 듣고, 하늘을 채운 영롱한 별빛들을 볼 거예요. 우리의 삶은 고요하고, 부드럽고, 애무처럼 달콤하게 될 거예요. 난 믿어요, 믿어요…….

조금 과하지 않나, 싶은 생각으로 나는 지영의 낭독에 귀를 기울였던 것 같다. 하지만 내 생각과는 별개로 지영은 한 글자 한 글자 눌러 말하듯 소냐의 마지막 대사를 낭독했고, 그건 120년 전의 희곡 작품을 낭독한다기보다 방금 쓴 개인적인 편지를 읽는 것 같았는데, 지영이 힘주어 말하는 단어들이나 중간중간 끊어 읽는 휴지 사이에서 나는 설명하기 어려운 진정성을 느꼈던 것 같다.

"정말 그렇게 들리기도 하네요."

누군가가 말했고 지영은 고개를 끄덕였다. 거기에 동의하듯 그녀의 묶은 머리도 위아래로 끄덕끄덕 흔들렸다.

모임이 끝날 무렵에는 장대비가 쏟아지고 있었다. 우산을 챙겨 온 사람들은 하나둘 빗속으로 사라졌다. 카페 입구에는 나와 지영만 우두커니 남았다. "여기, 택시 타려면 어디로 가야 해요?" 지영은 우산을 펴려던 내게 물었다. 나는 여기엔 택시가 다니지 않고 큰길로 조금 걸어 나가야 하는데, 혹시 어느 방향으로 가느냐고 물었다. 지영은 가까운 지하철역으로 간다고 했다. 조금 의아해진 나는 지하철역이요? 하고 되물었는데 가장 가까운 역은 걸어서 10분밖에 걸리지 않았기 때문이다.

그래서 어느 비 오는 날 〈바냐 삼촌〉을 읽고 함께 우산을 쓴 채 걸었다는 게 우리 이야기의 시작이다. 그 짧은 시간 내가 지영에 대해 알게 된 건 나와 동갑이라는 사실과

학교에서 학생들을 가르친다는 것. 그날도 원래는 동료와 함께 오기로 되어 있었지만 동료에게 일이 생겨 결국은 혼자 왔다는 것이었다. 지영은 내게 무슨 일을 하느냐고 물었고 나는 카페에서 일한다고 말하려다가 영화 만드는 일을 한다고 대답했다. 물론 아직 데뷔를 한 것은 아니고 준비를 하는 중이며, 그러기 위해선 시간과 돈이 필요한데 카페에서 일하며 그 둘을 벌고 있다고 했다. 지영은 내가 만든 영화를 꼭 보고 싶다고 말했다. 그러자 나는 정말 영화감독이 된 기분이 들었고 꼭 그 말 때문은 아니지만 지하철역 앞에서 지영의 전화번호를 물었다.

그다음 주에 우리는 만나 경의선숲길을 걸었다. 저녁 바람이 선선해지고 매미들은 울지 않는 늦여름이었다. 거리에는 여전히 마스크를 쓴 사람들이 돌아다녔고, 나는 지영에게 코로나19 시기에 학교에서 일하는 것에 관해 물었다. 지영은 이제는 그럭저럭 괜찮지만 작년까지만 해도 모든 게 혼란스러웠다고 말했다. 온라인 개학이며 방역지침, 꼬여버린 커리큘럼과 결재 서류들, 학부모들의 끊임없는 문의나 민원 전화 같은 것들에 말 그대로 혼이 나갈 것 같았다. 특히 학기 초에는 퇴근하면 머리에 열이 올라 잠을 못 잘 정도로 힘들었지만, 그보다 더 힘들었던 건 자신의 신념을 향한 사람들의 오해였고 결국 그 때문에 먼 곳으로 학교를 옮기게 되었다고 말했다.

"무슨 신념?" 나는 물었다.

"그냥, 개인적인 신념. 누구나 양보할 수 없는 신념이 있잖아. 네 신념은 뭐야? 아마도 영화와 관련된 거겠지?"

나는 지영이 정말 궁금해서 묻는 게 아니라 주제를 바꾸기 위해 묻는 거라고 생각했다. 그래서 나는 영화에 관한 신념은 없으며 그저 영화를 좋아하기 때문에 다른 걸 포기하더라도 영화 일을 하고 싶을 뿐이라고 말했다. 그런데 지영은 그 말이 아주 독특하고 흥미로운 말이라도 된다는 듯이 그건 어떤 삶일까? 하고 물었고 나는 상상하는 것보다 훨씬 덜 낭만적이고 심지어 지루한 삶이라고 대답했다.

"네가 만든 영화들 어떻게 볼 수 있어?"

"지금도 볼 수는 있는데, 볼래?"

지영은 고개를 끄덕였고 나는 가져온 태블릿PC를 가방에서 꺼냈다.

그날 지영에게 보여준 영화는 내가 처음 만든 단편영화로, 텀블러에 관한 영화였다. 제목은 '텀블러의 입맞춤'. 한 텀블러가 세미에게 선물되며 영화는 시작된다. 텀블러에게는 자아가 있다. 열망하는 일은 오직 하나, 바로 입을 맞추는 일. 내가 생각했던 영화의 재미는 탁자 위에 정물처럼 놓인 텀블러를 스틸 컷처럼 찍어내면서, 집착하는 연인처럼 끝없이 조잘대는 텀블러의 목소리를 담는 일이었다. "지금이야, 키스해줘!" 하지만 텀블러의 허니문은 오래가지 않는데, 어느 날 텀블러는 세미가 흔하고 쉬운 컵, 그러니까 일회용 테이크아웃 컵과 입 맞추는 장면을 목격하기 때문이다. 텀블러는 격분하고 오열하며 나중에는 눈물로까지 호소하지만, 그러거나 말거나 세미는 마치 보란 듯 이번에는 스타벅스 테이크아웃 컵과 입을 맞춘다. "초록 마녀!" 배신감에 몸을 떠는 텀블러. 환멸을 느낀 그는 마침내 세미를 떠나 진실하고도 영원한 입맞춤을 찾아간다는, 뭐 그런 이야기다.

사람들은 그 영화를 좋아해줬다. 그냥 좋아했을 뿐만 아니라 술을 마시다가도 근데 그 영화는 진짜 재밌었어, 라고 말했고 누군가는 환경주의적 관점에서 평론을 써봤다며 글을 보내주기도 했다. 지금 생각해도 그건 좀 이상한 일이었다. 나는 그저 재미 삼아 만들었을 뿐인데. 아무튼 그게 결정적인 순간이라면 결정적인 순간이었을까. 그 다음 학기에 나는 휴학하고 본격적으로 두 번째 단편영화를 만들기 시작했으니 그 뒤에 벌어진 수많은 일을 떠올리면, 그 모든 일의 시작이 사소한 일 하나였다는 사실에 조금은 아찔해지곤 한다.

영화를 본 지영은 내게 〈텀블러의 입맞춤〉이 무엇에 관한 영화냐고 물었다. 나는 본 그대로 입맞춤을 바라는 텀블러 이야기라고 말했다. "그럼, 주제는 뭐야?" 지영이 물었다.

"주제 같은 건 없고 그냥 웃자고 만들었는데." 나는 대답했다.

"정말 그냥이야? 이유를 말하기 싫은 건 아니고?"

"그럴 이유가 없는걸. 사실 별생각 없이 만들었어."

"그럼 왜 하필 사랑받길 원하는 텀블러를 주인공으로 세웠어?"

나는 태블릿PC의 화면을 끄고 가방에 넣었다. 어쩐지

이야기가 이상한 방향으로 흘러가고 있다고 생각했다.

"그냥, 재밌을 거 같아서."

"그럼, 하나만 더 물어볼게."

"뭔데?"

"너는 왜 영화감독이 되고 싶어?"

"글쎄."

"그냥 되고 싶었어?"

지영은 도전하는 것도 도발하는 것도 아니고, 그저 문이 열리기를 바라는 것 같은 눈으로 나를 보고 있었다.

내가 〈텀블러의 입맞춤〉을 만든 건 대학교를 졸업하기 1년 전의 일이다. 그사이 나는 세미와 헤어지고 졸업을 1년 연기했으며 영화학교에 두 번 지원했고 두 번 모두 떨어졌다. 결국 나는 아무것도 이뤄내지 못한 채 대학을 졸업했는데, 그러자 남들이 '무스펙 대졸자 백수'라고 부르는 존재가 되어 있었다……. 어느 날 나는 잠에서 깨어 내가 흉측한 밥벌레로 변해버렸다는 사실을 깨달았다. 그 뒤로 나는 각본 쓰는 시간을 줄이고 일하는 시간을 늘렸다. 닥치는 대로 이런저런 일을 했는데, 지금도 종종 기억나는 건 제약회사의 임상 실험 일이다. 여태까지도 잘 살아 있는 걸 보면 내가 먹었던 그 약들은 대체로 안전했던 것 같지만, 20분마다 피를 뽑히는 것은 썩 유쾌한 경험이 아니었다. 나는 병상에 줄줄이 앉아 씻지도 못하고 피를 뽑히길 기다리는 사람들을 보면서 이 장면이야말로 자본주의 SF호러물이 아닐까, 하고 생각했다.

그래서 나는 지영에게, 만약 네가 묻는 것이 나의 진정성이라면 하루에 열 번이나 뽑혀 나간 나의 적혈구와 혈장만큼이나 진지하다고, 혹은 열여덟 번이나 고쳐 썼지만 영화학교 면접에서 내러티브엔 영 재능이 없네요, 하는 소리를 들었던 시나리오만큼이나 진심이라 말하고 싶었다. 하지만 그 말들은 내가 집에 돌아와 이불을 뒤집어쓰고 혼자 되고를 거듭하며 생각해낸 말이고, 그 순간 지영에게 했던 말은 지금 생각해도 부끄럽기 짝이 없는 말이었다.

"그야 인정받고 싶으니까……."

지영은 꾸밈없이 웃음을 터뜨렸다.

*

경의선책거리 끝에서 우리는 방향을 틀었다. 해가 넘어

가며 늦여름의 잔열이 물러간 뒤였고, 홍대 거리는 조금씩 사람들로 붐비기 시작했다. 마스크를 낀 채 춤추고 노래하는 사람들을 지나며 지영은 대학생일 때 많은 걸 해보지 못한 게 후회된다고 말했다. 엠티도 가지 않았고 밤새워 술을 마시거나 동아리 활동 같은 걸 해본 적도 없다고 했다. "어째서?" 내가 물었다.

"나는 행복해질 자격이 없는 사람이라고 생각했거든."

지영의 대답에 나는 깜짝 놀랐다.

"나중에 우리가 좀 더 친해지면 알게 되겠지만, 우리 집은 화목한 집이 아니었어."

지영이 들려준 이야기는 당황스러울 정도로 솔직한 이야기였는데, 요약하자면 어릴 적 부모님이 자주 싸웠고, 싸웠다는 게 고성만 오고 갔던 게 아니라 손찌검도 오갔다는 것, 그때 지영은 고작해야 일고여덟 살밖에 되지 않았다는 것이다. 지영의 이야기를 들으며 나는 점점 심각해졌는데, 정작 지영은 덤덤하게 말을 이었다.

"나랑 동생은 옷장에 들어가서 숨었어. 거기가 가장 조용한 곳이었거든. 사실 난 싸움이 끝나고 난 다음이 무서웠어. 엄마가 우릴 끌어안으면서 그냥 이대로 다 같이 죽어버리자, 라고 말하곤 했거든."

우리는 횡단보도 빨간불 앞에서 멈춰 섰다.

"대학생이 될 때까진 그게 트라우마인 줄도 몰랐어. 나중에 사람들 덕분에 알게 된 거지. 사람들이 그러더라. 지금이라도 부모님한테 그 얘길 해야 한다고. 그 어린애가 뭘 보고 들었고 느꼈는지, 그리고 행복해질 자격이 없다는 생각으로 어떻게 20년을 살아왔는지. 지금이라도 그 어린애 대신 말해줘야 한다고. 그래서 난 힘들게 그 얘길 꺼냈는데, 정작 부모님은 내가 그 옛날 일을 다 기억하고 있을 줄은 몰랐다고 하시는 거야."

내가 심각한 표정으로 이야기를 듣고 있었는지 지영은 내 얼굴을 돌아보며 말했다.

"괜찮아. 그렇게 심각하게 안 들어도 돼. 이미 수백 번도 더 해본 얘기거든. 나중에는 상담사 앞에서도 해봤고, 온 가족이 다 있는 자리에서도 해봤어. 그 뒤로 우리 가족은 그럭저럭 잘 지내. 내가 일을 시작하면서 형편도 나아졌고. 물론 두 분은 여전히 가끔 살벌하게 싸우시긴 하지만."

"네 얘길 들어줬다는 사람들은 어떤 사람들이야?"

"친구들이야. 내 가장 소중한 친구들."

"좋은 사람들일 것 같아."

"맞아." 지영이 말했다. "언젠가 너한테도 소개해줄게."

지영이 잠깐 전화를 받아야 한다고 해서 나는 벤치에 앉아 지영을 기다렸다. 이런 말이 적절할지는 모르겠지만, 그때 나는 지영이 대단히 멋진 사람이라고 생각했다. 어떻게 사람이 자신의 트라우마를 극복해낼 수 있을까? 행복해질 자격이 없다고 믿었던 사람이 어느 날 갑자기 행복해진다는 게 정말 가능한 일일까? 그건 불가능한 도약 혹은 거대한 전환 같은 것, 이를테면……. 그 순간 건널목 쪽에서 스피커로 증폭된 목소리가 들려왔다. "하나님은 우리의 구원이요, 빛이요, 생명이시니, 믿지 않는 자는……." 그래, 어쩌면 구원 같은 것이 아닐까? 전도사는 무릎까지 오는 스피커를 세워두고 신호를 기다리는 사람들을 향해 설교하고 있었다.

우리는 다시 걷기 시작했다. 홍대를 벗어날수록 사람들의 숫자는 점점 줄어들었다. 상수역이 보이는 2차선 도로를 건너자 상업 지구가 끝나고 주거지역이 시작됐다. 땅딸막한 아파트와 붉은 벽돌 빌라를 따라 한적한 길이 나 있었다. 우리는 걷는 내내 이야기를 나눴다. 나는 신기하다고 말했다. "뭐가?" 지영이 물었다.

"우리가 얼마 전에 처음 만난 게 맞나 싶을 정도로 이야기가 잘 통해서."

지영은 자기도 그렇게 생각한다고 맞장구쳤다. 신난 나는 지영에게 이렇게 말했다.

"혹시 너, 무슨 종교 단체에서 나오거나 그런 사람 아냐?"

그 순간 내가 지영에게 하고 싶었던 말은, 그런 생각이 들 정도로 너와 이야기가 잘 통하고 그 사실이 신기해, 였던 것 같다. 우연찮게 떠오른 농담이었던 건지 아니면 나도 모르게 선생님의 얼굴이 떠올랐던 건지, 무의식의 기제가 어떻게 작동한 건지 모르겠다. 아무튼 지영은 웃지 않았고 나는 농담이 실패로 돌아갔다고 생각했다. 그건 놀랄 일도 아니었는데, 왜냐하면 나는 내러티브만큼이나 농담에도 재능이 없었기 때문이다. 그런데, 물론 지나고 나서야 문득 든 생각이지만, 아무래도 이어지는 지영의 대답은 좀 이상했다.

"이상하다. 왜 그렇게 생각했을까?"

무엇이 더 이상했을까? 지영의 대답? 아니면 내가 지영에게 종교 단체에서 나온 사람이냐고 물었던 농담? 그것도 아니면 농담이 사실은 농담이 아니었다는 아이러니?

*

2년 전 내가 영화학교 입시를 한창 준비하고 있을 때, 나는 내가 경험하는 모든 사건으로부터 영화의 재료를 찾아내겠다는 생각에 거의 미쳐 있었다. 그때 나는 길거리에서 혹시 잠깐 시간 있으세요? 하고 말을 걸어오는 사람들에게 순순히 시간을 내어주곤 했다. 그렇게 만난 사람들 중엔 선생님이 있었다. 물론 선생님은 그 종교의 신도라는 사실을 밝히지 않았고 이런저런 거짓말로 접근한 의도를 숨겼지만, 그럼에도 나는 여전히 선생님이 내게 건넸던 말이나 응원만큼은 진심이었다고 믿는다.

선생님은 심리학 연구소에서 젊은 창작자들을 상담하는 일을 한다고 했다. 처음 만난 날, 나는 선생님과 함께 간단한 심리 테스트를 했다. 문장을 완성하는 테스트였다. '나는'으로 시작해 다음에는 밑줄이 그어져 있고 '행복하다' 혹은 '슬프다' 같은 술어로 문장이 끝났다. 나는 줄줄이 이어지는 문장들의 빈칸을 채웠다. 어떤 것들은 생각나는 대로 적었고, 어떤 것들은 적당히 둘러대듯 적었다. 그런데 한 문장에서 나는 좀처럼 다음으로 넘어갈 수 없었다.

나는 ____________________ 생각으로 살아간다.

왠지 그 문장만큼은 되는대로 적을 수 없었다. 빈칸을 보자마자 떠오른 생각이 머릿속을 떠나지 않았기 때문이다. 나는 펜을 두어 번 돌리다가 다음과 같이 문장을 완성했다.

나는 죽으면 모든 게 끝이라는 생각으로 살아간다.

선생님은 그 문장을 반드시 해독해야 하는 암호문인 것처럼 물끄러미 바라봤다. "이 문장은 어떤 의미야?" 선생님의 물음에 나는 단순한 사실과 나의 마음가짐이 결합된 문장이라고 말했다. 영화감독이 되겠다는 생각으로 돌아갈 다리를 불태우고 이 길로 들어섰지만, 그즈음 가난하고 쓸쓸하게 죽는다는 결말이 점점 더 확실한 미래로 보이고 있었으므로 나는 자주 불행하고 우울해졌다. 하지만 어차피 죽으면 모든 게 끝 아닌가? 불행한 어느 순간에 칼로 손목을 긋거나 수면제를 갈아 마시거나 다리 위에서 몸을 던지면 그걸로 끝. 어차피 30, 40년 뒤에 찾아올 죽음을 미리 당겨 오는 일일 뿐이니. 내가 그런 식으로 말하자 선생님의 얼굴은 심각해졌다.

"하지만 제가 자살을 생각하고 있는 건 아니에요. 저는 죽는 걸 무서워하거든요. 오히려 무병장수가 꿈인 편이죠. 제 말은, 어차피 죽으면 끝이라는 생각이 살아가는 일을 살 만하게 만들어준다는 거예요. 어떤 고통이든 불행이든, 죽음에 갖다 대는 순간 한낮의 연기처럼 사라지는 거잖아요."

"그건 그렇게 단순한 생각이 아니야."

선생님이 말했다.

"사람들이 그 문장을 어떻게 완성하는 줄 알아? 고양이 밥을 줘야 한다는 생각으로 살아간다, 부모님이나 아이를 생각해서 살아간다, 보통은 그런 식이야. 그러니까 사람들은 살아가는 일을 생각할 때면 관계를 떠올려. 너한테는 그런 관계가 되어줄 만한 누군가가 있니?"

나는 없는 것 같다고 대답했다.

"선생님이 더 걱정되는 건, 네가 쓴 문장 중에서 저 문장만 유독 진실해 보인다는 거야. 우리 이렇게 하자. 2주일에 한 번씩 만나는 걸로. 어떤 이야기를 해도 좋아. 영화 이야기도 좋고, 그냥 사는 얘기를 해도 좋아. 네가 이야기를 하면 선생님은 들어줄게. 앞으로 우리가 하게 될 일은 그게 다야."

나는 생각해보겠다고 했지만 집으로 돌아오자마자 선생님과의 대화가 그리워졌다. 밥을 먹다가도, 잠을 자려다가도 선생님의 미소나 눈빛 같은 것들이 떠올랐다. 그건 내가 오랫동안 느껴보지 못했던 인간적인 격려였다. 그래서 나는 그다음 만남에도, 또 그다음 만남에도 선생님을 만나러 갔다. 그러다 어느 순간부터 선생님을 만나러 가지 않았는데, 그건 선생님과의 만남에서 더 이상 위안을 얻지 못했기 때문이 아니라 어느 날 친구가 그건 아무래도 일반적인 상담이 아닌 것 같다고 말해줬기 때문이다.

친구는 내가 겪은 일이 전형적인 포교 수법이라고 말했다. 우연한 기회로 심리 상담을 한다, 심리적인 문제를 발견한다, 만남을 이어간다……. 친구는 만약 내가 선생님을 계속 만난다면 성경을 배우고 교리를 익혀 할렐루야를 외치는 신도가 될 거라고 말했다.

"그 사람들 전문적인 꾼이야. '선생님'이라고, 거기선 다 그렇게 부른대."

친구는 인터넷 커뮤니티에 올라온 증언을 보여주며 내가 겪은 일들을 조목조목 연결 지었다. 그러면서 자신은 사이비 종교에 엮인 사람과는 친구를 할 생각이 조금도 없으니 앞으로도 그 선생님이라는 사람과 계속 만날 거라면 자기에겐 더 이상 연락하지 말라고 못 박았다. 그래서 나는 선생님을 만나지 않았다. 잘한 선택이었는지는 모르겠다. 그 친구와는 결국 다른 이유로 멀어졌고, 2년 동안 나는 점점 더 고립되었기 때문이다.

*

그러니까 내가 지영의 신앙에 대해 깨달았을 때, 나는

놀랐다기보다 차분해졌던 것 같다. 오히려 놀란 사람은 지영이었다. "이상하다. 왜 그렇게 생각했을까?" 사실상 자백이나 다름없었던 그 말 이후로 지영은 얼어붙은 분위기를 깨려는 듯 이런저런 이야기를 꺼냈지만 나는 생각에 빠져 제대로 대답하지 못했다. 한참이 지난 뒤에야, 그래 봤자 몇 분 지난 뒤였겠지만 지영은 맞아, 네가 생각하는 그 종교를 난 믿어, 하고 고백했다.

"숨기려던 건 아니야. 시간이 필요했어."

"무슨 시간?"

지영은 말없이 열 걸음쯤 걸었다.

"처음 그 사람들을 만났을 때, 난 왜 살아야 하는지 모르고 그냥 살았던 것 같아. 그냥, 공부만 하고 빨리 일을 시작하려는 게 다였어. 가끔은 계속 그렇게 살았으면 지금도 살아 있을까, 그런 생각이 들기도 해."

나는 지영의 말에 귀를 기울였다.

"쿰쿰한 지하방에서 내 이야기를 하면, 사람들은 나랑 같은 표정으로 고개를 끄덕여줬어. 정말 힘들었겠구나, 위로해주는 거야. 누군가는 날 안아주고, 누군가는 울어주고. 그러다 성경을 펼쳐보면 다시 살아갈 힘이 되어줄 구절들이 있었어."

나는 지영이 말한 모임을 상상했다. 타인의 이야기에 귀 기울이는 사람들이 원탁에 둘러앉아 상처에 관해 이야기한다. 한 사람이 힘들게 이야기를 꺼내면 나머지 열한 명이 고개를 끄덕인다. 마치 격려하듯이. 혹은 가장 깊숙이 묻어둔 이야기를 끌어내듯이. 그 뒤에 사람들은 머리를 맞대고 힘이 되어줄 문장들을 찾는다. 나는 그 모임이 집단 상담 같다고 생각했다.

"내가 하고 싶은 말은, 나한텐 신앙이 그리고 그 사람들이 더없이 소중하다는 거야. 그게 다른 사람들한테 오해받을 때 혹은 나를 미워하는 이유가 될 때, 나는 견딜 수 없이 힘들어."

어쩌면 나는 그 자리에서 이렇게 말했을 수도 있다. 세상에 어떤 종교나 신념도 단지 커먼센스에 맞지 않는다는 이유로 경멸해선 안 된다. 한 사람을 구성하는 요소들은 다양하므로 하나의 신념으로 사람을 판단하는 건 옳지 못한 일이다 등등. 하지만 그런 이유로 내가 지영 곁에 남았다고 말한다면 그건 거짓말이 될 것이다. 물론 그런 생각을 하지 않았던 것은 아니지만 정말 솔직하게 말한다면, 나는 이미 지영에게 호기심 이상의 호감을 느끼고 있었다.

"그러니까 우리가 만약 더는 만나지 않는다고 해도, 나와 내 신념을 꼭 나쁘게만 생각하지 말아줬으면 좋겠어."

그날 밤, 버스를 타고 집으로 돌아오며 나는 지영에 대해 생각했다. 그 순간 내가 지영에게 느꼈던 감정은 경이였다고 말해도 좋을 것 같다. 이성적인 호감을 과장해서 하는 말이 아니다. 나는 지영이라는 사람에게서, 그녀가 살아온 삶에서 경이를 느꼈다. 그리고 그녀가 기댔었다는 이유 하나만으로 나는 종교를 좀 다르게 생각하기 시작했던 것 같다.

자취방에 돌아오자마자 나는 창문을 열어둔 채 집을 나섰다는 사실을 깨달았다. 한밤의 냉기가 집 안 곳곳에 스며들어 있었다. 나는 더듬거리며 불을 찾아 켰다. 그곳엔 아무도 없었다. 다음 날부터 일을 쉬고 각본을 써야 했지만 내 안에 쓸 이야기는 한 조각도 남아 있지 않았다. 무엇보다 나는 사흘이나 무덤 같은 정적을 견뎌낼 자신이 없었다. 이런 생활이 끝이 나긴 할까. 어떻게 살아도 지금이 삶보단 낫지 않을까. 침대에 누웠지만 잠은 오지 않았다. 휴대전화 화면을 켜 메신저를 열었다. 지영의 프로필은 해변을 배경으로 찍은 뒷모습 사진이었다. 나는 일대일 채팅을 눌러 지영에게 다음 주 금요일에 시간이 괜찮으냐고 물었다. 조금 뒤 지영은 괜찮다는 말과 함께 오리 모양 이모티콘을 보내왔다.

*

그 한 달 동안 우리가 무슨 대화를 나눴는지는 선명하게 기억나지 않는다. 다만 우리가 걸었던 서울의 이곳저곳은 지금도 가끔 생각난다. 우리는 도림천을 따라 걸었고 서울대공원을 빙글빙글 돌았다. 한번은 비 오는 날 삼성동 코엑스몰에 갔는데 어느 방향으로 걷든 결국 별마당 도서관에 닿았던 게 기억난다.

우리의 대화도 산책처럼 빙글빙글 돌았다. 언젠가 지영이 퇴근하는 시간에 맞춰 학교에 갔을 때, 나는 지영이 키가 크고 앳된 얼굴의 학생과 내밀한 신뢰의 눈빛을 주고받는 모습을 본 적이 있다. 그 모습이 애틋해 한참을 바라봤지만, 나는 지영에게 특별히 아끼는 학생이냐고 묻지 못했다. 또는 지영이 토요일에 아주 중요한 행사가 있어서 지방으로 내려가야 한다고 했을 때도 무슨 일이냐고 묻지 않았다. 어쩌면 한 달 동안 우리가 애써 피해왔던 그 대화가, 우리 스스로도 정의할 수 없었던 관계를 지탱해주는 텅 빈 중심이었는지도 모른다.

그 무렵 나는 장편영화 공모에 당선되었다는 연락을 받았다. 지영에게는 알리지 않았다. 이틀 뒤 나는 여의도에 있는 프랜차이즈 카페에서 담당자를 만났고, 그는 커피도 주문하지 않은 채 내 맞은편 자리에 앉아 말을 쏟아냈다.

"아무튼 우리 작가님, 아니 감독님 단편영화는 잘 봤어요. 장편 시나리오도 말이죠, 가능성이 보여요. 그 뭐랄까, 신인의 패기? 반짝거림? 뭐 그런 거. 좋죠, 아주. 우리 회사에서는 그런 걸 중요하게 보거든요. 물들지 않은 신선함이랄까. 그게 다 원석이고 새로운 물결이 되는 거지. 좋아요, 장편. 해봅시다. ……그런데 말이죠. 이 장편이라는 게, 붐 마이크 드는 사람부터 하다못해 회사에서 영수증 붙이는 사람까지 다 돈이 들어간다는 게 문젠데……."

처음에 그는 투자금으로 500만 원을 말했다. 내가 그만한 돈이 없다고 말하자 200만 원을 불렀고, 내가 그마저도 없다고 하자 내 말을 믿지 않았다.

"우리 감독님이 아직 신인이라서 이쪽 사정을 잘 모르나 본데, 이게 관례 같은 거거든요? 투자라고 생각하면 돼요. 나중에 다 돌려받고, 돌고 돌아서 또 감독님은 장편으로 해외 영화제도 나가고 그런 건데…… 그런데 진짜 200만 원이 없어요? 정말이야?"

내가 정말로 없다고 말하자 담당자는 한숨을 쉬었다. 그는 휴대전화를 보더니 중요한 미팅이 있다며 자리에서 일어섰다. 마지막으로 그는 애매한 재능이라면 수단과 방법을 가리지 않아야 한다는, 충고인지 조언인지 모를 말을 하고 떠났다. 나는 그가 테이블에 남긴 명함을 내려다보며 아주 많은 생각을 했다. 플라스틱 컵 안에서 얼음이 잘그락거리는 소리를 내며 녹았고 나는 어떤 마음이 완전히 녹아버리기까지 얼마만큼의 시간이 걸릴지 생각했다.

그날 저녁은 예고 없이 날이 쌀쌀해졌다. 나와 지영은

여의도 한강공원에서 만나 마포대교를 걸었다. 차들이 지나갈 때마다 강한 바람이 불었고 나는 고개를 자주 돌렸다. 점점 멀어지는 한강의 남쪽에는 하얀 빛으로 만든 십자가가 보였다. 나는 지영에게 말했다. 가끔은 믿음을 가진 사람들이 한없이 부러워질 때가 있다고.

"왜?"

"그런 사람들은 흔들리지 않는 믿음을 가진 것 같아서."

"그럼 너도 신앙심을 가진 사람이 되면 되잖아?"

나는 지영에게 그런 생각을 해보지 않은 것은 아니라고 말했다. 오래전이지만 종교를 가져본 적도 있었고, 재작년에 누군가와 오래도록 믿음에 관해 이야기해본 적도 있었지만 결국은 신이나 천국 같은 이야기들을 나는 믿을 수 없었다고 했다. 지영은 내 손목을 붙잡고 걸음을 멈췄다. 나는 당기는 힘에 놀라 덩달아 멈춰 섰다.

"구원받고 싶다면, 구원의 가능성을 믿어야 해."

"그럼, 너는 정말로 믿어?"

나는 바람을 등지고 지영과 마주 섰다.

"응, 정말로 믿어."

"그 사람이 재림한 구세주라는 말도?"

지영은 고개를 끄덕였다.

"선택받지 못한 사람들이나 믿지 않는 사람들은?"

"구원받지 못해."

"……정말로 그렇게 돼?"

"정말로 그렇게 돼. 그러니까……."

나는 지영의 눈을 마주 봤다. 나는 지영이 두려워한다고 생각했다. 지금 여기서 우리의 관계가 끝나는 걸 두려워하는 게 아니라, 내가 구원받지 못하는 미래를 두려워한다고. 그 순간 지영이 내가 생각했던 것보다 나를 더 많이 좋아한다는 사실을 깨달았고, 그 사실 때문에 지영과 더는 만날 수 없다는 걸 알았다.

우리는 마포대교의 나머지를 건넜다. 다리가 하늘에서 내려와 땅에 닿았고, 우리는 마포역에서 지하로 걸어 내려갔다. 머리 위로 납작한 천장이 드리웠을 때 나는 지영에게 우리가 연인이 될 수 없을 것 같다고 말했다. 지영은 고개를 끄덕였다. "그래, 그렇구나." 나는 개찰구 앞에 섰다. 지영이 돌아보지 않을까 하고 기다렸지만, 지영은 끝내 뒤돌아보지 않고 승강장으로 걸어 내려갔다.

나는 자취방에 돌아왔다. 불이 들어오지 않는 현관 등

아래서 한동안 우두커니 서 있었다. 중요한 무언가를 잊어버린 것 같은 기분이 들었다. 지영에게선 메시지가 와 있었다.

— 결국 이렇게 될 거라고 알고 있었던 것 같기도 해.

나는 그 뒤로 길게 이어지는 메시지를 어둠 속에서 읽어 내려갔다.

*

지금에 와 생각해보면 시간은 아주 빠르게 흘러가는 것 같다. 지영이 쓴 메시지를 다시 읽으려면 나는 3년이라는 시간을 거슬러 올라가야 한다. 우리는 생일 축하한다는 말과 잘 지내라는 말, 그리고 언제 한번 보자는 말을 주고받았지만 말은 그저 말로만 남았고 우리는 만나지 않았다. 그사이 나는 서른을 넘겨버렸고 가끔은 나이를 잊곤 한다. 이렇게 흘러가기만 한다면 앞으로 몇 년이나 남았는지 세어볼 새도 없이 삶이 끝나버리지 않을까 싶다.

운 좋게도 서른을 넘어 나는 일을 구했다. 광고주의 신제품을 주인공으로 영상을 찍는 일이었다. 몇 번이고 구도와 조명을 바꿔가며 광고주의 물건을 촬영할 때마다 나는 첫 영화로부터 그렇게 멀리 온 것 같진 않다고 생각한다. 시나리오는 여전히 쓰고 있다. 예전만큼의 열의도, 체력도 없지만 영화를 하지 않는다면 어쩐지 더는 살아갈 수 없을 것 같은 기분이 들기 때문이다.

가끔 나는 구원에 대해 생각한다. 내게는 더 이상 구원이 가능할 것 같지 않고 앞으론 그저 버티는 일만 남은 것 같지만 지영만큼은 어디에서든 잘 살아가기를, 행복해질 자격이 없다는 생각 따윈 하지 않고 살아가기를 바랄 뿐이다.

동물원을 탈출한 고양이

김현민 | 불문학과 사회학을 오래 공부했다. 사회학자를 꿈꾸며 언론사를 퇴사했지만, 긴 방황 끝에 소설을 쓰게 되었다. 밤에는 학원에서 영어를 가르치고 낮에는 글을 쓴다. 소중한 문우들과 함께 읽고 쓰며 한 주를 마무리한다. 마르그리트 뒤라스의 글과 영화를 좋아한다.

"저기 표범이 있어."

말라비틀어진 우엉 같은 엄마의 손가락이 어딘가를 가리킨다. 대낮의 도심에 무슨, 또 헛것을 봤겠지. 나는 무심하게 눈을 돌린다. 역시나 고양이 한 마리가 길바닥에 누워 있을 뿐이다. 검누런 바탕에 수박씨 같은 반점들이 촘촘하다. 등산로 입구 표지판 곁에서 작은 물음표 같은 꼬리가 여름 바람에 간드랑대고 있다. 사람들이 주는 걸 아무거나 주워 먹은 듯 퉁퉁 부은, 영락없는 길고양이다.

"저건 고양이잖아."

평소처럼 늘어질 대화에 정수리가 홧홧해지지만 나는 말꼬리를 간신히 낮춘다. 주저앉으며 몸을 웅크리는 엄마의 품에서 과자 봉지들이 쏟아진다. 이내 익숙한 지린내가 콧구멍을 시큰하게 파고든다. 나는 어깨에 멘 천 가방을 뒤적인다. 다급한 손길에 성인용 기저귀와 상비약 꾸러미, 비닐봉지만 거치적거린다. 수건을 찾아 쥐고 무릎을 굽힌 뒤, 눈을 질끈 감는다. 엄마의 사타구니로 향하는 손이 바들바들 떨린다.

"오줌 마려워."

욕구와 행동이 일치하는 엄마의 말은 사후 통보에 가깝다. 짐승의 본능처럼, 엄마는 두려움과 동반하는 요의를 해소하려 때와 장소를 가리지 않고 소변을 본다. 매일 삶느라 해태제과 자수가 다 해진 수건을 반으로 접어 엄마의 반바지 허리춤에 집어넣는다. 엉덩이의 끈끈한 물기를 닦고, 엄마 품에 안긴 검은 비닐봉지를 헤집으며 허벅지도 문지른다. 시큼한 땀내와 뒤섞인 지린내에 이가 악물린다. 기저귀를 차는 게 그리 부끄러울까. 딸의 고통 앞에서 엄마는 늘 존엄성이란 두루뭉술한 것을 고집한다. 물건들 이름도 기억 못 하면서, 엄마가 매일 현관에서 바락바락 내지르는 그 단어가 우습기만 하다. 그건 스스로를 돌볼 수 있는 사람에게나 주어지는 것이니까. 축축한 수건을 가방에 넣자 갑자기 모든 게 지긋지긋해진다.

"다 됐어. 일어나."

엄마는 들은 척도 않고 널브러진 과자 봉지들을 주워 담는다. 목덜미에 작은 유리구슬 같은 땀방울들이 맺혀 있다. 땀에 젖어 달라붙은 티셔츠 위로 도드라진 등뼈 마디마디가 우뚝하다. 수건을 다시 꺼내 쥔 나의 손길을 엄마가 도리질하며 이리저리 피한다.

"아무것도 모르면서. 재는 지금 엄청 배가 고플 거라고. 동물원을 탈출했으니까."

새된 소리를 뱉은 엄마가 벌떡 일어난다. 집에만 있으면 답답해 죽고 싶다며 산책하자더니. 이제는 모든 걸 잊고 집으로 질주하는 엄마의 뒷모습을 나는 지켜본다. 뒤뚱거리며 비닐봉지를 쥔 손으로 무릎을 짚는 탓에 빠른 속도는 아니다. 울컥 치미는 덩어리를 삼키고 기억을 더듬어본다. 사흘 전 밤에 읽어준 동화책이 화근인 모양이다. 인간에게 버림받은 동물원에서 동물들이 탈출하는 내용이었다. 굶주림에 지친 표범과 호랑이는 나가자고 주장했지만, 기린과 염소는 떨기만 했다. 우리에게 바깥세상 같은 건 없어. 여기가 가장 안전해. 자유를 찾아 떠난 동물들은 인간에게 잡혀 죽었다. 폐허 속에 남아 마른 풀만 뜯어 먹던 동물들도, 굶주림에 전부. 엄마에게 그간 많은 동화책을 읽어줬지만 유난히 현실적인 내용이었던지라 기억에 남아 있다. 나는 무릎을 털고 느리게 몸을 일으킨다. 적당히 따라잡을 것 같았지만 쉬이 거리가 좁혀지지 않는다. 아파트 단지 언덕길을 오르자 호흡도 가빠진다. 목 끝까지 차오른 들큼한 숨을 뱉어내는데, 그날의 기억이 스쳐 간다.

표범이 그물에 포획되는 장면에서 나는 책에 없는 어흥, 하는 소리를 일부러 크게 내질렀다. 다섯 시간 뒤면 또 출근해야 하는 내 속도 모르고, 자정이 넘어도 읽어달라고 보채는 엄마가 잠들어버렸으면 싶었다. 선한 인간과 동물들, 비구름 없이 늘 맑게 갠 하늘, 도란도란 말을 주고받는 가족……. 주민센터에서 심리상담사가 치매 진행을 늦추는 데 탁월하다며 준 동화책들은 하나같이 지루했다. 고함에 움츠러든 엄마는 결국 울음을 터뜨렸다. 엄마의 반바지 가운데 부분이 동그랗게 젖어갔다. 나는 거친 호흡과 기억을 떨쳐내며 고개를 든다. 이번에도 동물원을 탈출한 표범을 마주하기라도 한 걸까. 저 멀리 놀이터 입구에, 엄마가 다시 몸을 웅크린 채 주저앉아 있다.

음식물 쓰레기봉투들이 터지지 않도록 신중히 매듭을 묶는다. 오늘은 열다섯 개. 1년 전 일을 시작했을 때와 비교하면 눈에 띄게 적은 양이다. 예식장을 폐업하고 점심에만 운영하는 뷔페로 막 전환했을 때도 이 정도는 아니었는데. 요즘 사장의 짜증이 부쩍 늘어난 이유를 알 것 같다. 이곳에 언제까지 붙어 있을 수 있을까. 나는 바닥에 눌어붙은 꽁치조림 국물을 닦기 위해 잔반통에 몸을 구겨 넣는다. 아침을 걸렀음에도 조금씩 속이 울렁거린다.

퇴식구의 잔반 처리를 처음 맡았을 때는, 악취에 구역질이 나서 잔반통에 몰래 속을 게워낸 적도 있었다. 사람들이 왜 웃돈까지 주며 이 일을 피하는지 알게 되었다. 익숙해져도 오늘처럼 비린내가 심한 꽁치조림이 나오는 날은 휴지를 말아 코를 막아도 소용없었다. 그래도 오늘만 버티면, 3주 동안은 주방 보조 일만 할 수 있을 것이다. 행주를 빨아 널고 콧구멍에서 휴지 조각을 빼내는데, 사장이 나를 보고 손짓한다.

"해연 씨, 잠깐 얘기 좀 해."

나는 다가가 그의 앞에 선다. 왠지 그래야 할 것 같아 두 손을 모은다.

"미안한데, 혹시 다음 달까지만 일해줄 수 있을까? 나도 이런 말 하기 싫은데 알다시피 요즘 우리가 사정이 어렵잖아. 아무래도 해연 씨가 평소에 좀 겉돌기도 했고."

부탁일까, 통보일까. 나는 사장의 말을 곱씹어본다. '우리'라니. 나를 밖으로 밀어둔 채 꽉 닫아버린 문 같은 그 단어가 마음을 슥 긁어놓는다. 혼자만 잘나 사람들과 어울리지 않는다거나, 일 끝나면 자기 잇속만 챙겨 쏙 가버린다는 뒷말을 듣지 못했던 건 아니다. 내게는 조금이라도 귀가가 늦어지면 생길 일이 더 중요했다. 후회되진 않는다. 조금 씁쓸해도, 나는 나의 과거를 책임지기로 한다. 이내 다음 달 엄마 병원비와 약값, 주택담보대출 이자가 떠오른다. 번역 일만으로는 도저히 감당하기 어려운 액수다. 절로 주먹이 꽉 쥐어진다. 퉁퉁 부르튼 손바닥이 아려온다.

"잔반 당번, 제가 매일 맡을게요. 그래도 안 될까요?"

사장이 고개를 긁적거리며 뒤를 돌아본다. 퇴식구 앞에 모여 팔짱을 낀 채 숙덕거리던 사람들이 이리저리 흩어진다. 사장은 손을 휘휘 내저으며 나중에 다시 얘기하자 하고는 계산대로 걸어간다. 나는 그의 뒤통수를 향해 고개를 주억거리고 앞치마를 벗는다.

"아 참, 해연 씨. 이거 가져가야지."

출퇴근 기록을 작성하는데, 사장이 축 늘어진 비닐봉지 두 개를 들이민다. 오늘 밑반찬 메뉴였던 도라지무침과 연근조림이다. 나는 고개를 저으려다, 그것들을 받아 가방에 쑤셔 넣고 입꼬리를 올린다.

도어록 비밀번호를 누르고 문고리를 몇 번 잡아당긴 뒤에야 바지 주머니를 뒤적인다. 푸르죽죽하게 녹이 슨 보조 잠금장치에 낡은 열쇠를 꽂는다. 오래전 엄마에게서 물려받은 걸 기억했다가 2년 전에 장롱을 뒤져 찾은 것이었다. 열쇠가 삐걱거리다 철컥, 하는 소리가 막연한 죄책감을 물리적인 무언가로 바꾸어놓는다. 반나절 동안 고여 있던 후덥지근한 공기가 밀려 나오며 목을 죄어온다.

안방 문을 열자 오늘도 엄마의 뒷모습이 나를 맞는다. 엄마의 왜소한 등은 막 이차성징이 시작된 남자아이에게 딱 맞던 휠체어에 턱없이 모자라다. 늘 휠체어에 고요하게 앉아 있던 아이의 모습이 겹쳐진다. 아이의 머리털이 솔방울처럼 삐죽삐죽 솟으면 나는 괜스레 다가가서 문곤

했다. 머리 밀어줄까, 라는 물음에는 항상 힘없는 고갯짓 만 돌아왔다. 아이의 앉은키를 조금 웃돌았던 나는 아이의 목에 신문지를 두르기 위해 힘껏 까치발을 들어야 했다. 둔탁한 바리캉 소리에 아이가 몸을 비틀 때마다 정수리에 시퍼런 구멍이 남았다. 훼손의 흔적들. 농구를 좋아했던 아이에게 사라진 건 두 다리만이 아니었다. 그가 될 수 있었을 모든 가능성을 합한 미래였다. 까까머리가 된 아이는 늘 손에 쥐고 있던 만화책《슬램덩크》속 강백호를 꼭 닮아 있었다. 밖에서 잠근 현관문을 보며 집에만 박혀 지내던 아이. 휠체어에 앉아 늘 숨을 불안하게 색색거리던 아이. 서른을 훌쩍 넘긴 나는 이제 기억 속 그 아이에게 오빠란 이름을 붙이는 게 어색하기만 하다.

바닥에 놓인 밥상을 든다. 밥공기와 미역국을 담았던 국그릇은 비워져 있는데, 콩장과 오이소박이는 그대로다. 까다로운 엄마의 입은 식당에서 가져온 반찬을 한 번도 넘긴 적이 없다. 싱크대 앞에 서자 엄마가 오늘도 산책 나갈 시간이라며 재촉한다. 3주가 넘도록 등산로 입구까지 헛걸음했다가 돌아온 걸 전혀 기억 못 하는 눈치다. 오늘만큼은 나도 받아줄 기분이 아니다. 누구든 체념하는 법을 배워야 한다. 어릴 적 내가 스스로 그랬던 것처럼. 나는 수도꼭지를 끝까지 밀어 올린다. 수세미로 밥그릇부터 공들여 거품을 내고 문지른다. 물소리와 그릇들이 달그락거리는 소음에 등 뒤에서 엄마가 바락바락 지르는 고함이 묻혀간다.

설거지를 마치고 보니 엄마는 소파에 젖은 빨래처럼 축 늘어져 있다. 과자가 담긴 비닐봉지를 고집스레 쥔 채로. 검은 동공으로 꽉 찬 엄마의 눈동자가 허공 어딘가를 향해 있다. 기억이 흘러나간 엄마의 몸에 어떤 집요하고 맹목적인 의지가 들어선 것 같다. 마트 진열대 위 과자들 중 엄마의 손길은 맛동산에만 향한다. 본인은 먹지 않고 남에게 줄 것들을 방 안에 가득 쟁여둔다.

2년 전 노인회장이 엄마를 병원에 데려가라고 권하기 전까지 나는 엄마의 그런 행동들과 병적인 증상을 연결하지 못했다. 나이 들면 누구나 고집이 세지고 자주 깜빡깜빡할 테고, 무엇보다 엄마의 환시가 처음은 아니었으니까. 유리 화병을 밀가루 반죽이라며 굴려 깨뜨리거나, 용변을 보다가 개미 떼가 붙어 있다며 화장실 타일을 손톱이 부러질 때까지 박박 긁는 게 시작이었다. 의사는 뇌 속에 단백질 덩어리들이 엉기는 루이소체치매라며, 시각 정보를 처리하는 후두엽에 이상이 생기면 발생하는 증상이라고 했다. 진료실을 돌아다니며 뇌 모형을 만지작거리는 엄마를 곁에 두고, 나는 엄마의 두 눈 앞에 놓인 게 더 이상 오빠가 아니라는 사실에 안도하지 못했다.

도라지무침과 연근조림을 밀폐용기에 담아 냉장고에 넣는다. 냉장고 안은 반찬 통들로 가득하지만 김치 통만 꺼낸다. 식어서 기름이 둥둥 뜬 미역국에 밥을 말고, 신 김치를 얹어 한 술씩 꾸역꾸역 입에 밀어 넣는다. 주말까지 마감하기로 한 번역 일이 떠오르자 그나마 남아 있던 입맛도 싹 가신다. 노트북을 켜는데, 엄마가 조금씩 내 쪽을 돌아본다. 애써 무시하려 해도 시선이 자꾸만 엄마에게 흘러간다. 모든 것을 평등하게 바라보는 무심한 눈동자. 이제는 저 앞에 놓인 게 나인지조차 확신할 수 없다.

어떤 기억은 입을 벌려 나를 집어삼킨다. 엄마의 저 눈을 마주할 때면 나는 항상 그날의 장면으로 끌려 들어간다. 나이가 지긋한 수녀들과 나란히 선 엄마는 아이들의 식판에 허연 김이 나는 밥과 국을 담아주고 있다. 오빠는 덩치가 비슷한 남자아이들 틈에 앉아 과자 봉지들을 뜯어

죄 바닥에 늘어놓고 있다. 오직 나만이 장소를 잃은 채, 홀로 오도카니 서 있다. 엄마는 피 한 방울 안 섞인 아이들에게 공평하게 애정을 한 조각씩 나눠 주지만 정작 딸에게는 가끔 눈길을 줄 뿐이다. 엄마가 모두에게 엄마인 이곳에서, 나는 고아가 된다.

엄마에게는 마리아보육원이 고향이었다. 내가 태어나기 전부터 엄마는 제과 회사를 다녔고, 퇴근한 엄마의 양손에 선물용 과자 세트가 들려 있으면 명절 연휴가 다가왔다는 증거였다. 여상을 졸업하고 보육원에서 나온 엄마의 생각은 단순했다. 그리도 먹고 싶었던 과자를 가까이하는 일이면 평생 즐길 수 있을 거라는. 지금보다 물엿과 땅콩 가루가 담뿍 버무려져 고소했지만, 오물오물 씹다 보면 입천장이 까질 정도로 딱딱했던 맛동산은 엄마가 가장 좋아하는 과자였다. 맛동산 먹고 즐거운 파티…… 보육원의 흑백텔레비전에서 나오는 광고를 들으며 엄마는 과자 공장에 취직하는 꿈을 키웠다고 했다.

우리가 들렀던 마지막 추석, 엄마는 한바탕 아이들 손길이 떠난 뒤에도 불룩한 맛동산 봉지들을 주섬주섬 집어 든다. 맛동산은 입안에서 사르르 녹는 버터링이나 부드러운 크림이 든 홈런볼에 밀려 늘 찬밥 신세였다. 아직 두 다리가 멀쩡한 오빠는 가랑이에 머리를 박은 아이를 향해 전속력으로 뛰어가고 있다. 왜일까, 일곱 살의 뭣도 모르는 아이인 나는 그런 엄마를 바라보다가, 달려가 엄마 손에 들린 봉지를 낚아채고 안에 든 것을 모조리 입에 넣어 씹어버린다. 그 전까지는 맛동산을 입에도 안 댔는데. 엄마가 내 뒤통수를 쓰다듬으며 말한다.

"우리 해연이, 예쁘다. 복스럽게도 먹네."

엄마는 오빠에겐 인심 좋게 칭찬을 뿌리곤 했지만 나에겐 그런 말을 한 적이 없었다. 여자아이가 식탐만 부린다며 잔소리했을 뿐. 나는 엄마가 조금만, 아주 조금만 더 나를 봐주면 좋겠다고 생각하지만 엄마는 이내 뒤돌아 저 멀리 걸어간다. 어떤 기억은 감옥 같다. 이곳에 갇힌 나는, 치아 곳곳에 낀 땅콩 가루들과 까진 입천장의 비릿한 피 맛을 음미하며 멀뚱멀뚱 선 아이가 되어버린다.

컵에 물을 따르고 약봉지를 하나씩 뜯는다. 정말 체념할 줄 아는 착한 아이가 된 걸까. 징그러운 공벌레 같다며 던져버리던 알약들을 엄마가 순순히 받아먹는다. 결국 오늘도 체념하는 건 내 쪽이다. 한숨을 푹 내쉬고 현관으로 향하는 나를 엄마가 뒤따른다. 도어록 버튼을 누르고 문이 열리자 축축한 여름 공기가 가득 밀려 들어온다.

등산로 입구에서 꼬리를 살랑대는 검누런 길고양이가 오늘도 길을 가로막는다.

"이쪽을 노려보고 있어."

엄마가 주저앉으며 말한다. 나도 반사적으로 앉아 엄마의 아랫도리에 손을 댄 뒤, 안도의 한숨을 쉰다. 집에 가면 답답하다며 가슴을 쥐어뜯고 내일은 다시 현관에서 떼를 쓸 엄마의 모습이 그려진다. 치매라고 기억이 쌓이지 않는 건 아니니 훈계해선 안 되며, 상냥한 사람이 되어 돌봄을 연기하라던 주민센터 상담사의 말이 떠오르자 웃음이 나온다. 3주째 관객 없는 연기를 반복하는 배우의 고독을 그녀는 절대 모를 것이다. 몇만 원을 얹어 준대도 끝내 돌아선 그 간병인들도 비슷한 마음이었을까. 나는 결심한다. 오늘은 기어이 이 짓을 끝내기로. 그러자 목소리에 힘이 들어간다.

"조용히 지나가면 돼. 얼른 일어나."

"무서워. 우릴 잡아먹을 거야. 배고플 테니까."

"저건 표범이 아니라 길고양이야. 못 믿겠으면 동물원에 같이 가서 직접 두 눈으로 봐. 난 갈 거니까 마음대로 해. 따라오든지 말든지."

나는 소리를 지른 뒤 성큼성큼 걸어나간다. 참지 못하고 화를 내버렸다는 죄책감을 등 뒤에 밀어둔 채. 저대로 두면 엄마가 오래전 오빠처럼 흔적도 없이 사라질지 모른다는 불안이 고개를 쳐든다. 그 또한 나는 뒤에 두고야 만다. 뾰족한 나뭇가지들을 피해 내딛는 걸음들이 바닥으로 푹푹 꺼지며 천근만근이다. 밤새 비가 내려 산길은 온통 젖어 있다. 매미들의 요란한 울음소리에 귀가 조금씩 먹먹해진다. 더 이상 등 뒤의 인기척을 가늠할 수 없지만 나는 뒤돌지 않는다.

저 고양이를 마주하기 전까지 엄마의 유일한 일과는 퇴근한 나와 뒷산에 오르는 것이었다. 목적지는 중턱의 작은 정자였다. 바캉스를 온 듯 노란색 끈을 두른 밀짚모자를 쓴 노인. 칼자국과 담뱃불로 지진 흔적들이 가득한 정자엔 지금도 엄마 또래의 그녀가 앉아 있을 것이다. 세 달 전 내가 깜빡하고 현관 잠금장치를 풀어두었던 날, 엄마는 열세 살이었던 오빠가 그랬던 것처럼 집 밖으로 뛰쳐나갔다. 아파트 단지도 못 벗어나고 주차장에서 차에 치였던 오빠와 달리, 엄마는 멀쩡히 살아서 정자에 앉아 있었다. 몇 시간 동안 온 동네를 돌아다닌 딸은 안중에 없다는 듯 불그스름한 자두를 입에 문 채 천진한 미소를 짓고 있었다. 엄마가 매일 산책을 하겠다며 떼를 쓰기 시작한 것도 그날부터였다.

나는 정자에서 조금 떨어진 벤치에 앉아 관찰했다. 대화라기보다 각자의 넋두리에 가까운 말을 뱉는 그들을. 어느 오후의 입방아에 올랐던 건, 분실한 휴대전화를 노인에게서 되찾아 간 중년 여자였다. 무릎까지 오는 원피스를 입고 온 여자는 물건을 받고 감사하다는 말을 늘어놓더니, 노인이 고개를 돌린 틈에 도망쳤다. 노인이 사례금을 달라고 하지도 않았는데 그것참 매정했다고 혼잣말하자 엄마가 뒷말을 거들었다. 속상하고 사는 게 서럽다. 지치지도 않는지 그들은 자두와 맛동산을 나눠 먹으며 그 말만 종일 공처럼 굴려갔다. 그 중년 여자의 배은망덕과 예의 없음이 그들의 하루에 벌어진 유일한 사건이었다. 아무 일도 없는 날이 대부분이었다. 그럼에도 엄마는 과자 봉지들을 품에 안고 매일 산에 올랐다.

비가 온 뒤지만 변함없는 풍경이 놓여 있다. 정자에 앉아 있는 노인의 품에 무언가 안겨 있다. 왠지 나를 질책하는 듯한 그녀의 시선에 가슴이 내려앉는다. 나는 여느 때처럼 정자가 마주 보이는 벤치에 앉는다. 눈을 감고, 아무도 찾지 못하도록 세상을 한소리로 메워버리는 매미들의 울음 속에 나를 파묻는다. 대소변이 묻은 엄마의 속옷을 빨거나 지루한 동화책을 읽고, 매번 고스란히 남은 반찬들을 버리는 일상이 아득한 과거처럼 느껴진다. 눈을 뜨니 발치에 비둘기 한 마리가 먹을 것을 찾아 종종거리고 있다. 나는 물장구치듯 두 발을 흔들어 멀리 쫓아버린다. 잠시나마 만끽하는 이 홀가분한 해방감을 방해받고 싶지 않다. 이내 뺨에 툭 떨어진 물방울 하나가 그것을 마구 휘저어놓는다.

하늘은 온통 우중충한 녹색으로 덮여 있다. 빽빽한 우듬지 틈으로 희미한 빛 조각들이 군데군데 비집고 들어온다. 정자에 앉아 있는 노인이 나를 향해 손짓한다. 소낙비가 올 것 같으니 들어오라는 걸까. 나는 조금 망설이다 걸음을 옮긴다. 노인이 꼭 안고 있는 보자기 속에서, 새하얀 털로 뒤덮인 강아지가 혀를 내밀고 꼬리를 살랑대며 나를 바라본다. 속이 울렁거리고 머릿속이 아득해진다. 당연히 그럴 일은 없겠지만, 금방이라도 저 조그만 것이 뛰쳐나와 나를 물어버릴 것만 같다.

"왜 이리 오랜만이야. 오늘은 혼자 왔어?"

분홍색 꽃잎들이 수놓아진 우산을 펼친 노인이 붉은 자두 한 알을 건네며 묻는다. 정말 잊고 있었다는 듯 나는 그 말을 듣자마자 뒤돌아 산길을 뛰어 내려간다. 툭툭 떨어지던 빗방울들이 몸집을 불리며 나를 뭇매질한다. 아파트 단지에 이르러서야 입안에 고여 있던 숨을 토해낸다. 눈을 부릅뜨고 굵은 빗줄기로 흐릿해진 시야를 정신없이 헤집는다. 공용 현관 유리문 앞에 왜소한 몸 하나가 익숙한 모습으로 놓여 있다. 마취가 풀리듯 뒤늦은 통증이 도착한다. 정강이에 그어진 붉은 선들을, 빗방울들이 다시 사정없이 긁어놓는다.

밥상을 살며시 내려놓고, 하루 중 가장 무방비한 엄마를 내려다본다.

죽은 듯 닫힌 두 눈, 허연 각질들이 돋은 입술. 가슴이 일정한 박자로 오르내린다. 홑이불 아래 드러난 양 무릎이 붉게 부어올라 있다. 평소와 달리 악몽을 꾸지 않는지 고요한 엄마의 얼굴이 죄책감을 조금이나마 덜어낸다.

오늘도 어두운 식당의 불을 켜는 건 나다. 사장보다 먼저 출근하려면 기상 시간을 30분 앞당겨야 했다. 언제 올지 모를 사장에게 뭐라도 하고 있던 것처럼 보이기 위해 무언가 할 일을 만들어낸다. 멀쩡히 있던 의자들의 위치를 이리저리 바꿔놓는다. 식탁보들을 괜스레 주름지게 구겼다 반듯이 펴보기도 한다. 테이블에 놓인 통마다 휴지를 채워 넣었는데도, 아무도 오지 않는다. 휴대전화를 꺼내 날짜를 확인하니 토요일이다. 덤 같은 하루가 주어진 기분이다. 엄마가 깰 때까지 고작 세 시간뿐일지라도.

주말 오전의 거리는 텅 비어 있다. 정처 없이 걷다 보니 땀이 나서 눈앞에 있는 복권방에 들어간다. 벽에 붙은 안내문에 '토요일 저녁 8시 35분 추첨'이라는 내용이 적혀 있다. 살면서 복권이라고는 사본 적이 없지만 이상하게 좋은 일이 생길 것만 같은 기분이다. 등이 굽은 노인들 옆에 앉아 나도 따라서 미간을 구겨본다. 고심해서 여섯 개의 숫자를 고르지만 이내 아무 의미 없는 짓이란 걸 깨닫고, 종이를 잔뜩 구겨 천 가방에 쑤셔 넣는다.

편의점에서 느긋하게 도시락을 먹었는데도 시간이 남아 장을 보러 마트에 들른다. 갈치 두 마리에 만 원이라는 소리에 나도 모르게 걸음이 수산물 코너로 향한다. 넥타이처럼 축 늘어진 은빛 갈치들이 얼음 위에 차곡차곡 쌓여 있다. 번거롭게 가시를 바를 생각에 골치가 아프지만, 엄마가 좋아하는 몇 안 되는 것 중 하나이기에 딱 한 팩만 담기로 한다. 과자 코너에도 잊지 않고 들러 장바구니를 맛동산으로 가득 채운다. 계산을 하려는데, 누군가 알은체하며 말을 건다. 익숙한 얼굴이다. 주민센터에서 엄마를 담당하던 심리상담사다.

"어머, 해연 씨. 진짜 오랜만이다. 혹시 무슨 일 있어요? 요즘 어머니 얼굴을 통 못 뵈었네."

"좀 바빴어요. 일 때문에 이래저래 정신없기도 했고. 죄송해요……."

나는 습관처럼 그녀에게 말꼬리를 흐린다. 그런데 대체 뭐가? 뱉고 나니 후회가 된다. 내가 죄송할 이유는 없지 않나. 그러나 이미 뱉은 말을 주워 담을 수는 없다.

"치매 걸린 노인분들 집에만 있으면 안 좋은 거 알죠? 상담 핑계로라도 자주 바람 쐬게 해야 해. 해연 씨도 잘 알면서 그런다."

"조만간 꼭 찾아뵐게요."

말은 했지만 결코 그럴 일은 없을 것이다. 주어는 없어도 나를 타박하는 듯한 엄마의 말을 들으며 상담실 구석에 가만히 앉아 있는 건 질색이니까. 무엇보다 가장 견디기 힘들었던 건 심리상담사를 앞에 두고 벌 떼나 개미 떼 같은 헛것을 보며 중얼거리는 엄마였다. 그런 엄마를 지켜볼 때마다 머릿속에 어떤 장면들이 되풀이되었다. 나만이 간직한 내밀한 기억 속에서, 엄마는 냄비에 불이 난 줄도 모르고 가스레인지 앞에 멍하니 서 있었다. 학교에서 돌아온 나를 더듬으며 오빠 이름을 중얼거리기도 했다. 그러다 결국 손이 퉁퉁 불어 터질 때까지 엄마가 욕조 속에 있지도 않은 누군가를 씻기는 장면이 떠오를 때면, 나는 한없이 무력해졌다. 눈을 꾹 감고 그저 시간을 견디는 것 말고는 할 수 있는 일이 없었다.

"어머니는 요즘 어떠세요?"

"그냥 그렇죠, 뭐. 딱히 좋지도 나쁘지도 않은…… 지루해하셔도 집에 잘 계세요."

"그럼 해연 씨라도 자주 들러서 저랑 대화해요. 아무 말이라도 좋으니까. 내 말 무슨 뜻인지 알죠?"

그녀가 기어이 그것을 꺼내고야 만다. 엄마가 그림 치료를 처음 한 날 얘기다. 이 여자 앞에 서면 죄인이 되는 것 같았던 것도 그날부터였다. 엄마는 몸을 웅크리고 A4 용지에 색연필로 무언가를 한참이나 끄적였다. 종이를 보고 심각한 얼굴이 된 그녀는 엄마를 잠시 내보내고 내게 그것을 보여줬다. 그림 속에는 밤톨 같은 머리를 한 남자아이와 그의 어깨쯤 오는 여자아이가 손을 잡고 서 있었고, 그 아이들보다 덩치가 두 배는 크게 그려진 흰 개가 입을 벌리고 있었다.

"해연 씨, 혹시 이게 뭔지 아세요?"

"일곱 살 때였어요. 평소처럼 오빠랑 단둘이 남겨진 생일이었는데, 촛불도 불지 못하는 게 싫어서 오빠랑 초코파이 한 상자를 사러 나갔어요. 둘이 용돈을 모아서."

그날 나는 누구에게도 말하지 못했던 비밀을 꺼내놓았다. 산책로에서 마주친, 굵은 목줄이 감긴 덩치 큰 개가 이빨을 드러내며 달려들던 장면을 끝으로 나의 기억이 말끔히 지워져 있었다는 것을. 내가 눈을 떴을 때 오빠는 옆 병상에 누워 있었고, 무릎 아래가 사라진 그의 두 다리에 붕

대가 감겨 있었다는 것을. 엄마는 내가 아닌 그런 그를 꼭 끌어안고 있었다는 것을. 한번 뱉고 나니 말이 쓸데없이 길어졌다. 나는 나만의 방식대로 복원한 기억들을 계속 늘어놓았다. 그가 파상풍으로 다리를 절단한 건 내 잘못이 아니라고, 우리 둘 중 그가 더 불운했을 뿐이라고. 엄마가 없으면 울던 나를 주먹으로 때리고 용돈을 뺏어 문방구 오락기에 다 써버렸던 그는 죗값을 조금 가혹하게 받았을 뿐이라고. 말을 잇다 보니 눈에 무언가 차오르는 느낌이 들었다. 휴지를 뽑아 닦고, 딱 거기에서 멈췄다. 속에서는 훼손된 진실의 조각들이 맴돌았지만 구태여 꺼내놓지 않았다. 동물적 본능을 지닌 개가 자신보다 덩치 큰 존재에게 덤비지 않았으리란 사실이, 그러니 개가 물어뜯으려 한 게 오빠가 아니었으리란 사실이 어떤 진실을 말해주는 증거란 것을. 다 지난 일이었으니까. 그날 이후로 그녀는 엄마가 아닌 내게도 은근히 말을 걸어오기 시작했다. 마치 내가 도움을 필요로 하는 사람이라는 듯이.

"맞다. 저번에 동화 번역하는 일 한다고 하셨죠? 제가 치매 노인분들 상담 치료할 때 필요한 외국 동화가 있는데……."

늘 느끼던 것이지만 이 여자는 쓸데없이 말이 많다. 어눌하고 행동이 굼뜬 노인들을 대할 때처럼 누군가를 가르치려는 듯한 말투다. 나는 집중해 듣는 척하며 그녀에게 배운 대로 미소를 연기한다. 꼭 그러겠다고 몇 마디 대꾸하고는 뒤도 돌아보지 않고 마트를 빠져나온다.

주말이라서 그런지 스쳐 가는 사람들의 얼굴이 들떠 있다. 어디론가 훌쩍 소풍이라도 떠나고 싶다는 여유로움이 나를 휘감는다. 주말에는 밀린 번역 일을 몰아 해치웠기에, 밖에서 무언가를 하며 시간을 보낸 적이 없었다. 오랜만에 주어진 자유를 낭비하는 것만 같아 초조하지만 나는 딱히 갈 곳이 없단 것을 깨닫고 그냥 집으로 향한다. 현관문의 녹슨 잠금장치에 열쇠를 꽂고 바로 이곳이 내가 있어야 할 현실이란 사실을 분명히 깨닫는다. 이상하게도 오늘은 안방 문이 활짝 열려 있다. 엄마가 무릎까지 오는 연녹색 원피스를 입고 거실 소파에 앉아 있다. 불룩한 검은 비닐봉지를 든 채로. 엄마가 나를 보며 아이 같은 천진한 미소를 짓는다.

"오늘 동물원 가는 거 맞지?"

입구까지 꽤 멀어서 코끼리열차를 타는 편이 좋을 거라고 한다. 다 큰 어른 둘이 타려니 민망해 직원의 말을 넘기려 했지만 결국 표를 두 장 끊는다. 오는 내내 무릎을 짚고 뒤뚱거리던 엄마의 걸음이 신경 쓰였다. 엄마는 내가 들어준다고 해도 오면서 산 김밥 두 줄, 생수병으로 무거워진 비닐봉지를 고집스레 지킨다. 아직 여름에 가까운 날씨 탓인지 입장객은 많지 않다. 부모의 손을 꼭 잡은 남자아이와 여자아이 뒤에 우리는 나란히 붙어 선다.

빠르진 않아도 역방향은 어지러울 텐데. 엄마는 굳이 나의 맞은편에 앉는다. 모로 비껴 흘러가는 풍경에 둔 시선이 미끄러지며 엄마의 얼굴로 향한다. 입술을 번데기처럼 오므린 것이 약간 퉁명스러워 보인다. 먼 곳으로 오랜만에 외출해서 신난 것 같기도. 엄마의 얼굴 뒤로, 머리가 밤톨 같은 남자아이와 곱게 머리를 땋은 여자아이의 뒤통수가 보인다. 정면에서 바람이 불어와 엄마의 희끗한 머리칼을 헝클어놓더니 내 눈마저 시리게 한다. 여름의 끝자락을 쥐고 발악하는 매미들의 울음 속에서, 잘 관리된 관엽수들과 인적 없는 보도블록이 느릿느릿 뒤로 흘러간다. 지도를 펼쳐보니, 망망대해에 떠 있는 섬처럼 조그

마한 동물 그림들이 거대한 여백 속에 드문드문 놓여 있다. 맹수사는 가장 깊숙한 곳에 있다. 잠시 느긋하게 등을 기대려는데 열차가 정지한다. 저 멀리 동물원 입구가 보인다.

걸음이 닿는 우리들의 대부분이 텅 비어 있다. 사람도 지치는 더위에 무너진 듯 코끼리와 낙타, 코뿔소들은 축사에 미동도 없이 시체처럼 누워 있다. 무섭지도 않은지 까치와 까마귀들이 날아와 덩치가 수십 배는 큰 짐승들의 몸 위에 내려앉는다. 이곳은 차라리 작고 검은 새들의 낙원이라 불러야 할 것 같다. 실망할 관람객들에게 호소하듯, 동물에게도 낯선 시선으로부터 피해 '숨을 권리'가 있다는 표지판이 곳곳에 보인다.

우리는 큰물새장의 가장자리를 빙 둘러 걷는다. 꼭대기 점으로 그물들이 모이는 우람한 새장이 서커스단의 천막 같다. 오랜 삶 끝에 탈출이 불가능하단 걸 깨닫고 체념한 걸까. 너무 작지도 크지도 않은 구멍들이 그물에 숭숭 뚫려 있지만 새들은 전부 땅에 발을 붙인 채 정지해 있다. 엄마는 시선을 거두고 미련 없이 어딘가로 걸음을 옮긴다.

한적했던 곳들과 달리 사람들이 모여 있다. 어깨 너머

로 보니, 반들반들한 수달 한 마리가 잠수하여 사육사가 던져놓은 생선 토막들을 건져 올리고 있다.

갑자기 사람들이 아이고, 저 나쁜 새끼, 하고 탄식한다. 물음표처럼 목이 구부러진 잿빛 새 한 마리가 긴 부리로 생선을 빼어 삼키고 있다. 내 눈에는 선의나 악의로 이름 붙일 수 없는, 그저 생을 향한 짐승의 맹목적인 의지로 보일 뿐이다. 엄마가 새를 가리키며 뭐냐고 묻는다. 나는 큰 물새장을 지날 때 표지판에서 읽은, 이곳에 출몰하는 왜가리들은 절대 이 동물원에 속한 식구가 아니라는 내용을 떠올린다.

"왜가리야."

"어디서 온 거야?"

말할 필요도 없이 하늘에서 내려왔을 것이다. 대화가 길어지려는 조짐이다. 엄마의 질문 탓인지 더위 탓인지 머리가 홧홧해진다. 나는 말꼬리를 애써 낮추고 답한다.

"저기 하늘 어디겠지. 먹을 걸 찾아 내려왔나 봐."

뒷말을 웅얼거리는 엄마의 시선이 왜가리에 꽂혀 있다. 주변 소음에 묻혀 잘 들리진 않았지만 부럽다, 라고 말한 것 같다. 뭐가 부럽다는 걸까. 어디에도 속하거나 정착

하지 못하고 늘 다른 존재에게 빌붙으려 돌아다녀야 하는 저 불안한 삶이. 나는 무의미한 연극 같은 이 소풍을 서둘러 끝내기로 결심하고, 엄마 손을 잡고 앞장선다. 우리가 왜 지금 여기에 있는지, 목적을 분명히 되새기면서.

맹수사 앞은 사람들로 가득하다. 시베리아호랑이 우리는 어깨들에 가려 유리창도 보이지 않는다. 다행히 표범 우리는 한산하다. 나는 엄마에게 저것들을 좀 보라고, 저게 바로 표범이라고 말하지만 정작 엄마의 시선은 다른 곳에 가닿아 있다. 익숙한 얼굴들이다. 코끼리열차를 기다리며 보았던 가족이다.

"이러면 재네 눈에는 아빠가 참 맛있어 보일 거야."

아들을 목말 태운 남자가 딸의 손을 잡고 몸을 이리저리 흔들며 말한다. 엄마로 보이는 여자는 팔짱을 끼고 웃으며 지켜본다. 남자는 짐승들의 관심을 구걸하지만 유리 너머에서 눈길을 던지는 건 한 마리뿐이다. 나머지는 바위에 걸터앉아 무심한 눈으로 하늘만 올려다보고 있다. 아들이 실망해 내려달라고 하자, 남자는 춤을 추듯 몸을 격렬히 흔들기 시작한다. 그제야 표범들이 어슬렁어슬렁 다가오고 아들이 와아, 하고 탄성을 지른다. 신이 난 듯 남자가 엉덩이를 더욱 부산하게 흔들어댄다. 무리 중 한 마리가 털 밑에 숨겨놓았던 날카로운 발톱들을 치켜세운다. 녀석이 발을 들고 그르렁거리며 유리를 내리치자, 갑자기 내 눈앞이 아득해진다. 몸이 기우뚱하며 균형을 잃고 쓰러진다. 흙바닥에 찧었는지 무릎에서 뒤늦은 통증이 느껴진다.

나는 익숙한 냄새에 질끈 감았던 눈을 뜬다.

곁에서 엄마가 눈을 감고 바들바들 떨고 있다. "조심해, 조심해, 조심해……." 고장 난 라디오처럼 똑같은 말만 뱉으면서. 오랜 세월 쌓여왔을 고집이 나를 꽉 끌어안은 엄마의 두 팔로 전해져온다. 엄마의 다리 사이로 거품이 인 액체가 뚝, 뚝, 한 방울씩 떨어진다. 누런 물이 흙바닥을 흐르며 널브러진 과자 봉지들과 은박지 뭉치에 가닿는다. 아늑하면서도 불안한 품속. 주저앉은 우리를 의아하게 보는 가족의 시선이 느껴지지만 나는 조금만 더 이 순간을 견뎌보기로 한다. 엄마의 몸보다 훌쩍 큰 어른이 되었지만, 그럼에도 기꺼이 품에 안긴 아이들로 남기로 한다.

우리가 일어섰을 때, 유리 벽 너머의 표범들은 저 멀리 사라지고 없었다.

우리는 더위가 닿지 못할 그늘진 곳을 찾아 배회한다. 폐점한 편의점 앞 벤치에 앉아서 각자 무릎에 올린 은박지 뭉치를 펼친다. 겉면을 씻을 때 수돗물이 들어가서인지 김밥의 터진 옆구리로 튀어나온 단무지가 푹 젖어 있다. 나는 김밥 대신 포장을 뜯은 맛동산을 하나 집어 든다. 눅눅한 땅콩 가루들을 삼키고, 숨을 크게 들이쉰다. 여름을 한입 베어 문 것 같다. 덥고 축축한 공기가 얹혀 있던 무언가를 쓸며 내려간다. 이번 여름은 끝나지 않을 듯 유난히 길게 느껴진다. 작고 검은 새들이 발치에 겁도 없이 내려앉는다. 엄마가 먹기 좋은 크기의 과자를 한 조각 던져준다. 이 조그만 존재들에게도 마땅히 그럴 권리가 있다는 듯. 다른 존재에 빌붙어 사는 것이 결코 부끄러운 게 아니라는 듯이.

오늘도 엄마의 손가락 끝에는 살진 고양이들이 앞발을 가지런히 모은 채 앉아 있다. 그새 셋으로 불어났다. 정말 근처 동물원에서 탈출이라도 한 것처럼. 누군가 두고 간 빈 그릇들이 머릿수에 맞춰 놓여 있다. 포만감에 기분 좋게 꼬리를 살랑거리는 고양이들은 당연히도 무언가를 잡아먹을 생각이 없어 보인다.

"고양이는 동물원을 탈출한 게 아니야. 원래 돌아다니며 자유롭게 살아. 절대 우리를 해치지 않을 거야."

부드러운 회유에도 엄마는 주저앉는다. 금방이라도 어딘가로 굴러갈 것처럼 몸을 한껏 둥글게 만다. 나는 그런 엄마를 일으켜 세우거나 다그치지 않기로 한다.

"여기 나를 봐."

대신에 그렇게 말한다.

질끈 눈을 감은 채로. 진짜 동물원을 탈출한 표범이라도 마주한 듯이. 그러자 이상하게도 주먹이 쥐어지고 등에서 땀이 흐른다. 문득 어제 엄마와 함께 걸었던 한적한 동물원 풍경이 떠오른다. 내가 걷는 길이 그곳이라고 상상하며, 나는 지나간 어제와 지금 마주한 오늘을 이어 붙인다. 이렇게 길게 늘어뜨린 시간을 걸어가다 보면, 삶이 조금은 느긋한 소풍처럼 느껴지는 순간도 있지 않을까. 나는 보이지 않는 허공으로 한 발씩, 걸음을 내딛는다. 그대로 주저앉아 내 뒤통수만 바라보는 엄마의 눈동자가 그려진다. 그럼에도 나는 멈춰 서거나 뒤돌지 않는다.

얼마나 많은 날을, 엄마와 저 산에 올라야 할까.

미지근한 바람 한 줄기가 불어와 두 뺨에 닿는다. 가을에 조금 가까워졌는지 옅어진 매미들의 울음 사이로, 무언가 불안하게 색색거리는 숨소리가 나지막이 곁을 지나간다. 자신이 지금 여기에 살아 있음을 알리는 듯한. 다른 두려운 존재를 향해 그르렁거리는 듯도 한. 소리가 등 뒤로 멀어지며 점점 희미해진다. 나는 걸음을 멈추고, 지금 이 순간을 조금만 더 견뎌보기로 한다.

아이리시커피

이지연 | 중어중문학을 전공했고 방송 글을 쓴다. 소설을 읽는 사람에서 쓰는 사람이 되기까지 긴 시간이 필요했다. 꾸준히 소설 쓰는 사람이 되고 싶다.

오후 4시가 넘어가자 카페 안은 한산했다. 통유리 너머로 햇살이 스며들어 일곱 개의 테이블과 밝은 갈색 원목 바닥을 비추었다. 맞은편 예식장에서 온 단체 손님들이 떠나고 카페 안에 남은 손님은 창가 자리에서 노트북 작업을 하는 여자와 가운데 테이블에 나란히 앉은 남녀, 세 명뿐이었다. 희수는 디저트가 진열된 쇼케이스를 세정제로 꼼꼼히 닦고 있는 소미를 향해 고개를 돌렸다. 가장 분주한 시간이 이제 막 지나간 참이었다.

"소미 씨, 잠깐 쉴까요?"

"그럴까요."

미소를 지어 보이는 소미의 얼굴은 여전히 창백했다. 소미는 오늘 희수의 카페에서 일한 지 4개월 만에 처음으로 지각을 했다. 감기 기운이 있어 병원에 들르느라 늦었다는 소미에게 희수는 어떤 말을 건네야 할지 망설이다 그냥 괜찮으냐고만 물었다. 소미는 고개를 끄덕이고는 서둘러 바 안쪽의 창고로 들어가 옷을 갈아입고 일할 채비를 했다. 하객 손님이 많은 토요일은 카페가 제일 바쁜 날이었다. 희수는 내심 소미가 마감 시간까지 일하기 힘든 상태는 아닌지 걱정스러웠다. 오늘은 일찍 들어가서 쉬면 안 되겠느냐고 부탁을 해오면 어쩔 것인가. 소미 없이 혼자서는 무리일 것 같았다. 호의를 기대할 수 있는 사람이 되고 싶지도 않았다. 다행히도 소미는 평소와 다름없이 성실하게 일해주었고 무사히 손님이 몰려드는 때를 넘길 수 있었다.

희수는 초보 카페 사장이었다. 15년 동안 간호사로 일하던 대학 병원을 그만두고 6개월 전 S시로 이사 와 작은 카페를 열었다. 그동안 모은 돈을 전부 털어 넣었다. 엄마는 더없이 어리석은 선택이라며 희수를 비난했다. 하지만 어떻게든 이전과 다른 삶을 살고 싶었다. 인생을 바꾸고 싶었다.

소미가 세정제와 마른걸레를 청소도구함에 정리하고 있을 때 카페 문이 열리고 검은 야구 모자를 쓴 남자가 들어왔다. 희수가 계산대로 가서 주문받을 준비를 했다.

"어서 오세요."

남자는 계산대 너머 벽 위쪽에 걸린 메뉴판을 한참 올려다보았다. 턱에는 수염이 거뭇하게 자랐고 짙은 향수 냄새를 풍겼다. 희수는 자신의 머리 위에 머무는 남자의 시선이 불편했다. 음료 하나 고르는 데 뭐가 저리도 오래 걸릴까. 고개를 돌려 통유리 너머 거리를 바라봤다. 카페는 유동 인구가 많은 S시 시청 인근 상가 건물 1층에 있었다. 모처럼 맑게 갠 날이었고, 지나가는 사람들의 얼굴도 한결 밝아 보이는 것 같았다. 오렌지색 니트를 커플 룩으로 맞춰 입은 젊은 남녀가 아이스크림을 손에 들고 걸어갔다.

"수고하세요."

창가 자리에서 노트북 작업을 하던 여자가 희수에게 고개를 살짝 숙여 보이고 카페를 나섰다. 희수도 여자에게 안녕히 가시라고 인사를 건넸을 때 야구 모자 남자가 돌아서더니 성큼성큼 걸어 나갔다. 헐렁한 청바지를 입은 남자의 다리가 약간 휘청이는 것 같았다. 어쩐지 꾸물대더라니. 뭐가 마음에 들지 않는 건지 하루에 한두 명 정도는 그냥 가버리는 손님이 있었다.

희수는 안쪽으로 들어가 싱크대 선반에서 손잡이 달린 유리컵 두 개를 꺼냈다. 컵에 설탕을 한 스푼씩 넣고 에스프레소 더블 샷을 내려 뜨거운 물을 부었다. 맨 아래쪽 선반에 넣어둔 제임슨 위스키병을 꺼내 와 커피에 섞고 휘핑크림을 듬뿍 얹었다. 아이리시커피는 희수가 제일 좋아하는 음료였지만 메뉴에서는 금방 빠졌다. 별로 인기도 없는 데다 손이 많이 갔다. 혼자 만들어 마시던 걸 소미가 맛보더니 좋다고 했다. 카페가 한가할 때면 두 사람은 달콤하고 쌉쌀한 커피를 마시며 쉬곤 했다. 메뉴에 없는 음료를 만들어 나눠 마시며 가벼운 대화가 오가는 시간. 카페에서의 하루 중 가장 여유로운 시간이었다. 희수와 소미는 식사도 교대로 인근 식당에서 따로 했으므로 이때가 아니면 마주 앉아 이야기를 나눌 만한 겨를이 없었다. 소미가 왜 아이리시커피를 좋아하느냐고 물었을 때 희수는 3년 전에 떠났던 영국 여행 이야기를 들려주었다.

충동적으로 비행기표를 끊어 혼자 떠난 여행이었다. 휴가는 일주일뿐이었지만 최대한 먼 곳으로 가고 싶었다. 둘째 날 저녁에 공연을 보고 숙소로 돌아오다 길을 잃었다. 분명 지하철역이 있어야 할 곳인데 아무리 찾아도 보이지 않았다. 런던의 11월 밤 날씨는 제법 쌀쌀했고 비가 추적추적 내리기 시작했다. 빗방울이 점점 굵어질 때 같은 곳을 계속 맴돌고 있다는 걸 깨달았다. 일단 눈앞에 보이는 작은 바에 들어가 비를 피하기로 했다. 푸근한 미소로 맞아준 백발의 바텐더가 만들어준 음료는 희수의 몸을 녹여주었고 불안했던 마음도 서서히 진정됐다.

"오늘 바빴죠? 몸은 좀 괜찮아요?"

"네, 약 먹고 나니까 많이 좋아졌어요."

소미는 티스푼으로 하얀 휘핑크림을 조금씩 맛봤다. 크림을 먼저 먹고 커피를 마시는 게 훨씬 깔끔하다고 했다. 먹고 싶은 음료가 있으면 언제든지 마시라고 했지만, 소미는 희수가 만들어주는 아이리시커피 말고는 아무것도 입에 대지 않았다. 자신이 정한 원칙은 철저하게 지키는 것 같았고 그런 태도는 희수가 소미를 더욱 신뢰하게 했다. 성실한 아르바이트생을 구하기는 쉽지 않았다. 개업할 때 뽑은 취업준비생은 일한 지 2주일 만에 지원한 회사에서 합격 소식을 받았다며 문자메시지로 그만두겠다고 통보했다. 그다음으로 서둘러 구한 사람은 카페 아르바이트 경력만 3년째라고 했다. 자신 있어 보였고 믿음이 갔다. 하지만 그녀는 출근 첫날부터 한 시간 넘게 지각을 했고 주문 실수를 거듭했다. 보다 못한 희수가 주의를 주자 도리어 화를 내고 그다음 날부터 나오지 않았다. 면접을 보기로 하고 아무 연락 없이 나타나지 않는 사람들도 있었다. 역시 사람을 믿어선 안 되는구나. 그런 생각이 들 즈음에 희수는 소미를 만났다.

소미는 약속한 시간 10분 전에 카페에 도착했다. 어깨까지 닿는 검은 머리를 짙은 푸른색 머리끈으로 단정하게 묶었고, 잡티 없이 말간 얼굴에는 솜털이 보송보송했다. 희수는 많은 것을 묻지 않았다. 어차피 자신들에게 유리한 말만 할 터였다. 월요일부터 토요일, 오후 1시부터 10시까지 근무가 가능한지, 자신이 제시한 시간당 급여에 만족하는지만 물었고 소미가 승낙하자 다음 날부터 바로 일하기로 결정했다. 희수는 비로소 카페 바 안쪽에 한 사람이 더 있다는 사실이 든든했다.

"이따 집에 가서 일찍 자려고요. 친구가 맥주 한잔하자는데 아무래도 힘들 거 같아서 다음에 보자고 했어요."

별일 아니라는 듯한 소미의 태도에 희수는 마음이 가

벼워졌다. 이제 스물한 살이니 감기 정도야 하룻밤 푹 자고 나면 나을 것이다. 스틱으로 휘핑크림과 커피를 저어가며 조금씩 마셨다. 카페인과 알코올이 혀끝에서 몸속으로 퍼져나가면서 머릿속이 개운해지는 것 같았다. 희수는 소미가 편안하게 느껴졌다. 가끔 일이 끝나고 빈집으로 돌아가기가 선뜻 내키지 않는 날이면 소미에게 같이 맥주라도 한잔하자고 해볼까 싶었지만 금세 마음을 바꿨다. 어쩌면 서로에 대해 모르기 때문에, 적당한 거리가 있기 때문에 한 공간에서 지내는 게 부담 없는 건지도 몰랐다.

커피를 다 마신 희수가 유리컵을 개수대에 넣으려 일어섰을 때 누군가 카페 문을 거칠게 열었다. 어디서 본 듯한 얼굴이었다. 희수가 기억을 더듬는 사이에 소미가 재빠르게 주문을 받으러 계산대 앞으로 갔다. "어서 오세요." 평소보다 한 톤 높은 목소리였다.

순간 희수는 소미의 등 너머로 무언가 번쩍이는 것을 보았다. 허공으로 치켜든 남자의 손에 들린 건 은색 칼이었다. 남자의 두 눈은 성난 짐승처럼 섬뜩하게 빛났다. 누군가 날카로운 비명을 질렀다. 남자의 팔이 무언가를 찍어 누르듯 수차례 흔들리고 소미의 몸이 힘없이 바닥으로 고꾸라졌다.

그다음에 벌어진 일들을 희수는 분명하게 기억하지 못했다. 불분명한 기억은 파편처럼 쪼개져 매번 조금씩 다른 장면으로 재생되었다. 깨끗하게 닦아놓은 바닥에 얼룩진 붉은 핏자국들. 흐트러진 소미의 검은 머리카락. 두 손을 꼭 잡고 카페 밖으로 달려 나가던 남자와 여자. 칼을 든 남자가 소미에게 달려들 때 자신은 무엇을 하고 있었나. 신음조차 내뱉지 못하고 쓰러진 소미에게 누가 제일 먼저 뛰어갔던가. 희수는 그곳에 있었지만 존재하지 않는 사람 같았다. 눈앞에서 벌어지는 일들을 스크린 속 화면 보듯이 그저 바라보기만 했다. 아니, 어쩌면 반사적으로 뒷걸음쳐서 물러섰을지도 모른다. 조금 더 안전한 곳으로, 남자의 칼이 닿지 않을 것 같은 곳으로 숨기 위해서.

정신이 들었을 때 카페 안에 남은 손님은 아무도 없었다. 문밖에서 누군가 날카로운 목소리로 경찰에 신고를 해야 한다고 외쳤다. 소미는 어떻게 된 걸까. 희수는 바닥에 쓰러져 있는 소미에게 가보려고 했지만 다리에 힘이 풀려 마음먹은 대로 움직일 수 없었다. 소미의 상태를 확인하기가 두렵기도 했다. 가까스로 정신을 가다듬고 겨우

한 발짝 내디디려 했을 때 남자가 카페 밖으로 뛰쳐나갔다. 손에 칼을 든 채였다.

소미는 미동도 없이 바닥에 누워 있었다. 카키색 앞치마와 안에 입은 하늘색 셔츠에 온통 붉은 핏자국이 번졌고, 약간 벌어진 입으로 거친 숨소리가 나왔다. 희수는 소미의 옆에 무릎을 굽히고 앉았다. 소미는 가늘게 눈을 뜬 채로 입술을 달싹여 무어라 말을 하는 것 같았다. 귀를 가까이 대봤지만 무슨 말인지 알아들을 수 없었다. 가슴께에서 선홍색 피가 계속 쏟아져 나와 소미의 옷을 축축하게 적시고 바닥까지 흘러내렸다. 소미의 손을 잡고 이름을 불러봤지만 아무 대답이 없었다. 경찰과 구급차가 도착했다.

소미를 찌르고 도망친 남자는 인근 모텔에서 경찰에게 붙잡혔다. 희수는 집으로 돌아가 텔레비전 뉴스를 보고 비로소 남자를 기억해냈다. 경찰에 양팔을 붙들린 남자는 검은 야구 모자로 얼굴을 가린 채였다.

경찰 조사는 30분도 걸리지 않아 끝났다. 희수가 어떤 질문에도 제대로 답변을 못 했기 때문이다. 그날 오후에 무슨 일이 벌어진 건지 제대로 알 게 된 건 인터넷 뉴스를 검색해보고 나서였다. 소미는 대낮에 평온한 신도시 한복판에서 벌어진 흉기 난동 사건의 피해자였고 자신은 목격자이자 방관자였다. 무작정 들어간 카페에서 일면식도 없는 아르바이트생을 찌른 남자는 소미가 자신을 무시하는 것 같아서 순간 화가 났다고 진술했다. 말도 안 되는 소리였다. 조사 내내 불안정한 태도를 보인 남자에게 경찰은 간이 마약 검사를 실시했고 양성이 나왔다. 남자의 집 수색 과정에서 투약용 주사기가 발견됐다. 피해자 A씨는 수도권 소재의 대학에 다니다가 학비를 벌기 위해 휴학을 하고 일하던 중에 참변을 당했고, 유일한 가족인 어머니가 깨어나지 못하고 있는 딸의 병상을 지켰다.

그랬구나. 희수는 소미가 간혹 퇴근길에 엄마가 좋아한다면서 카페 옆 과일 가게에서 오렌지 몇 개를 사 가던 모습을 떠올렸다. 소미는 허리를 숙여 신중하게 과일을 골랐고, 주인아주머니가 건네준 검은 비닐봉지를 달랑거리며 지하철역 쪽으로 걸어가곤 했다. 집은 어디였더라. 소미에 대해 제대로 아는 게 아무것도 없었다. 카페를 연 이후로 가장 많은 시간을 함께 보낸 사람이 소미였다. 월요일부터 토요일까지 매일 아홉 시간을, 일주일에 쉰네 시간을 같은 공간에서 머물렀다. 그런데도 소미에 대해 묻는 경찰의 질문에 아주 성실한 아르바이트생이라는 말밖에는 하지 못했다.

경찰서에서 집으로 돌아와 현관문을 열자 음식 냄새가 풍겼다. "이제 오니?" 엄마의 목소리가 주방에서 들렸다. 뉴스를 본 엄마가 떨리는 목소리로 전화를 걸어왔을 때 희수는 오랜만에 엄마에게 애잔함을 느꼈다. 딸이 무사하다는 걸 확인하자 엄마는 울음을 터뜨렸고 희수는 엄마가 보고 싶어졌다.

"따뜻할 때 얼른 먹어."

엄마가 식탁 위에 차려놓은 건 중국당면을 잔뜩 넣은 닭볶음탕이었다. 희수가 입맛이 없을 때면 자주 해주던 음식. 통통한 닭 다리 하나를 앞접시에 담아 젓가락으로 조금씩 살을 발라 먹었다. 촉촉하고 보드라운 살코기에 매콤한 양념이 잘 배어 있었다. 갓 지은 흰밥도 한 수저를 떠 입안에 넣었다. 엄마의 요리 솜씨는 여전했다. 희수는 비로소 마음이 진정되는 것 같았다.

"난 얼마나 감사한지 모르겠다."

엄마는 녹차 한 잔을 타 오더니 식탁 맞은편에 앉아 희수가 먹는 모습을 지켜봤다. 얼마 전에 펌과 염색을 새로 했는지 밝은 갈색 단발머리에 탱글탱글한 컬이 들어가 있었다. 차를 한 모금 마신 엄마는 차분한 목소리로 말했다.

"주님이 널 지켜주신 거야."

동그란 안경 너머 엄마의 눈동자는 촉촉하게 빛났고, 붉은 립스틱을 바른 입가에는 미소가 감돌았다. 몇 년 전부터 엄마는 매일 새벽 예배에 나갔다. 모녀가 같이 살던 시절 희수는 현관문이 열렸다 닫히는 소리에 잠에서 깨었다가 다시 이불을 끌어당겨 덮고 잠을 청하곤 했다. 알람 소리에 침대에서 빠져나와 욕실로 가서 씻고 나올 즈음이면 엄마가 돌아왔다. 자신만의 의식으로 하루를 시작하고 돌아온 엄마의 얼굴은 평온해 보였고 피부에 윤기가 도는 것 같았다. 지금 엄마의 표정에서는 그때와 비슷한 광채가 느껴졌다. 희수는 수저를 내려놓았다. 식욕이 사그라들었다.

"아르바이트생이 많이 다쳤어. 지금 응급실에 있어."

"좀 어떻다니?"

"모르겠어. 의식이 없대."

엄마는 깊은 한숨을 내쉬었다.

"불쌍해서 어쩌니. 천벌받을 놈. 그런 놈들은 반드시 심판을 받을 거다."

아픈 몸을 이끌고 나와 일하던 사람이 아무 잘못 없이 칼을 맞았다. 죄를 저지른 사람이 마땅히 대가를 치를 거라고 어떻게 확신할 수 있는가. 무엇에 근거한 믿음인가. 희수는 엄마의 인과응보적인 세계관에 동의할 수 없었다. 아무것도 확신할 수 없었다.

"떡을 좀 해서 교회에 돌려야겠어. 이렇게 감사한 일이 생겼는데 어떻게 그냥 넘어가니. 지난번에 누가 손주 돌이라고 흑임자떡을 돌렸는데 다들 맛있다고 잘 먹더라고."

"미쳤어? 무슨 잔칫날이야? 떡을 왜 하는데?"

"애는, 잔칫날만 떡 하라는 법 있니. 목숨을 구해주셨는데. 이런 기적을 아무나 경험하는 게 아니지. 내가 매일 너 좀 잘되게 해달라고 얼마나 기도를 했는데. 응답을 해주신 거야."

엄마의 상기된 표정을 보고 희수는 더 이상 이 문제에 대해 말을 하지 않기로 했다. 희수가 뭐라던 엄마는 기어이 떡을 돌리고야 말 것이다. 누군가 시꺼먼 떡을 입안에 억지로 쑤셔 넣은 것처럼 가슴이 답답해졌다. 남은 음식을 냉장고에 넣고 식탁을 치웠다. 귀를 찌르는 듯한 비명이 다시 들려오는 것 같았다. 아수라장이 된 카페에서 맨 처음 들었던 생각이 스쳐 갔다. 내가 아니어서 다행이라고. 돌이켜보면 엄마는 늘 이런 식이었다. 희수가 애써 감추고 싶은 마음을 노골적으로 드러냈다.

그날 밤 희수는 꿈속에서 검은 야구 모자를 쓴 남자를 보았다. 남자는 성큼성큼 카페 안으로 들어와 바 안쪽에서 음료를 만들던 희수에게 돌진했다. 바닥에 쓰러진 희수의 목에 은빛 칼날이 정확하게 꽂혔다. 시야가 뿌옇게 흐려졌지만 바닥에 번진 붉은 피는 선명하게 보였다.

빈소는 아직 제단조차 제대로 꾸려지지 않은 상태였다. 꽃도 영정 사진도 없었다. 다음 날 희수가 병원을 찾았을 때 소미는 영안실로 옮겨진 후였다. 담당 간호사는 소미가 수술을 마친 후에 깨어나지 못했고 과다 출혈이었다고 전해주었다. 불길한 예감이 결국 현실이 되고 말았다. 그날 조금만 더 빨리 병원에 도착했다면 소미는 살 수 있었을지도 모른다. 왜 그때 바로 소미에게 달려가지 못했을까. 왜 멍청하게 바라만 보고 있었나.

희수는 위로금으로 준비한 돈을 조의금 봉투에 옮겨 담아 상자에 넣었다. 휑한 제단 옆에 검은 상복을 입은 마른 체구의 여자가 벽에 기대어 무릎을 세우고 앉아 있었다. 갸름한 얼굴형과 가로로 긴 눈매가 소미를 떠올리게 했고, 반백의 커트 머리에 꽂힌 하얀 리본 핀이 보였다. 여자의 시선은 허공 어딘가를 응시했고, 어떤 감정도 읽어낼 수 없었다.

그냥 돌아가야 하나. 무엇을 해야 할지 몰라 공연히 휴대전화를 만지작거리고 있을 때 제단 장식이 도착했다. 희수는 문가에 서서 제단이 꾸려지는 모습을 지켜봤다. 흰색 꽃 사이로 드문드문 섞인 연보라색 꽃들이 갈색 테두리의 액자를 둥그렇게 감쌌다. 조금 허전하다 싶을 정도로 소박했다. 사진 속 소미는 짧은 단발머리에 볼살이 통통해서 더 어려 보였다. 뒤쪽에서 누군가 울음을 터뜨렸다. 헌화용 국화가 도착하자 희수는 빈소에 들어가서 아직 싱싱한 꽃 한 송이를 제단에 올리고 소미를 위해 잠시 기도했다. 그것만이 유일하게 할 수 있는 일이었다.

어수선한 빈소를 나와 정문 쪽으로 천천히 걸었다. 사고가 난 이후로 당분간 카페는 문을 닫기로 했다. 희수도 마음을 추스를 시간이 필요했고, 소미에 대한 나름의 애도이기도 했다. 하늘색 카디건을 입은 간호사 두 명이 빠른 걸음으로 희수를 스쳐 갔다. 환자복을 입은 남자아이 하나가 휠체어를 타고 영안실과 본관 사이의 산책로를 지나갔다. 대여섯 살 되어 보이는 아이의 손등에는 링거 바늘이 꽂혀 있었다. 엄마로 보이는 여자가 뒤에서 휠체어를 밀었다. 작은 자동차 장난감을 두 손으로 쥐고 만지작거리는 아이를 보자 한동안 잊고 있던 얼굴이 떠올랐다. 유민이. 소아 병동에서 희수를 제일 따르던 아이. 희수는 1년 전 크리스마스 때 유민에게 경찰차 장난감을 선물했었다. 초록색 포장지를 서둘러 뜯던 작은 손. 경광등을 누르고 사이렌 소리가 나자 환하게 번지던 미소. 유민을 기쁘게 하는 일만이 죽음이 일상이 된 공간에서 희수를 버티게 해주던 시절이 있었다.

휠체어를 탄 아이의 모습이 사라졌을 때 영안실 입구에 검은 상복을 입은 여자의 모습이 보였다. 소미의 엄마였다. 여자는 건물 벽에 기대어 선 채로 한 손에 든 천 가방에서 담배를 꺼내 불을 붙였다. 메마른 입술에서 하얀 연기가 뿜어져 나왔다. 바람이 불어와 여자의 검은 치마폭이 위태롭게 흔들렸다. 희수가 시선을 돌리고 병원 정문 쪽으로 걸어가려 했을 때 비명 같은 울음소리가 들려왔다. 여자가 바닥에 주저앉아 울고 있었다. 안에 있는 것을 모두 게워내는 듯한 울음이었다. 희수는 여자의 어깨가 흔들리는 모습을 잠시 지켜보다 그곳을 빠져나왔다.

*

유민은 울고 있었다. 여기저기 얼룩진 낡은 환자복을 입고 손에는 자동차 장난감을 꼭 쥔 채였다. 투명한 눈물이 뺨을 타고 흘러내렸다. 희수는 손을 뻗어 유민을 안아주려 했지만 몸이 마비된 것처럼 움직이지 않았다. 있는 힘을 다해 몸을 일으키려 했을 때 유민의 얼굴은 사라지고 없었다.

침대 옆 협탁에 놓아둔 디지털시계가 새벽 2시 30분을 표시했다. 희수는 어둠 속에서 조금 전까지 생생하게 보였던 유민의 얼굴을 떠올렸다. 텅 빈 것 같은 눈동자, 하얗

게 각질이 일어난 입술, 떨리는 턱, 유민은 두려움에 사로잡힌 것 같았다. 며칠째 밤마다 꿈에 유민이 나왔다. 새벽에 깨면 잠은 어디론가 멀리 달아나버렸다.

희수는 침대에서 일어나 주방으로 갔다. 정수기에서 따뜻한 물을 한 잔 받아 와 식탁 의자에 앉아 천천히 마셨다. 흰색 주방 타일 한 귀퉁이에 미세하게 금이 가 있었다. 어디서부터 잘못된 걸까. 하나의 잘못된 선택이 계속해서 돌이킬 수 없는 상황으로 자신을 이끄는 것 같았다. 엄마 말대로 오랜 삶의 터전이던 병원을 그만둔 것부터가 시작이었을까. 어떻게든 버텼어야 했는지도 몰랐다.

병원에서 근무하던 마지막 해, 희수는 모든 것이 소진된 기분으로 하루하루를 보냈다. 신체적으로 정신적으로 감당하기 힘든 수위의 스트레스가 누적되어 한계에 다다른 것 같았다. 대학 병원 간호사는 애초부터 맞지 않는 직업이었던 게 아닐까. 무뎌지는 게 단단해지는 거라고 여겼다. 하지만 아무 감정 없이 기계적으로 출근해서 업무를 수행하는 자신에게 느껴지는 건 자괴감뿐이었다.

소화가 되지 않아 점심을 반 이상 남기고 오후 업무를 시작했던 날, 희수의 담당 병동에 새 환자가 들어왔다. 밤톨 모양으로 머리를 짧게 깎은 아이는 희수에게 등을 돌린 채로 침대에 앉아 창밖의 풍경을 바라보고 있었다. 8층 병동에서 보이는 거라곤 건너편의 아파트 단지와 상가 건물들뿐이었다. 희수가 질리도록 매일 보아왔던 것들. 먼 하늘에 비행기 한 대가 지나가자 아이의 시선이 따라갔다.

"유민아, 점심은 먹었어?"

희수는 아이의 차트를 확인하고 말을 걸었다. 고개를 돌린 유민의 얼굴은 맑았지만 입술에 푸른빛이 감돌았다. 병색이 깃든 아이의 얼굴을 마주하는 건 익숙한 일이었다. 그러나 희수를 향해 희미하게 미소 짓는 유민에게는 어쩐지 오래도록 시선이 머물렀다. 유민이 건넨 귤을 손에 쥐고 병실을 나오면서 희수는 오래전 잃어버린 줄 알았던 어떤 마음이 자신 안에 남아 있음을 느낄 수 있었다. 불꽃이 꺼진 후에도 사라지지 않는 온기 같은 것. 나약해지려는 자신을 고양시켜 어떻게든 조금 더 나은 사람으로 밀어붙이는 무언의 목소리가 들리는 듯했다.

유민은 선천적 심장 질환을 가지고 태어났다. 심실이 하나밖에 없는 단심실증이었다. 최악의 사태가 닥칠 확률을 최소화하기 위해서는 수술이 필요했다. 위험이 따르는 수술이었다. 유민은 수술이 끝나고 호흡곤란 증세를 보였고 다음 날 사망했다. 희수는 밤 근무가 있던 날 출근해서 유민의 소식을 들었다. 순간 찌릿한 통증이 가슴 한편을 스쳐 갔다. 수술을 앞두고 유난히 불안해하던 유민의 얼굴이 떠올랐다. 하지만 찰나에 불과했다. 그토록 빠르게 평정심을 회복한 스스로에게 놀랐다. 달라진 건 없었다. 평소와 똑같이 자신에게 주어진 일을 하고 밥을 먹고 잠을 잤다. 죽음은 익숙했다. 희수는 유민에게 선물을 건넸던 걸, 특별한 존재로 여겼던 걸 후회했다.

핏자국은 아무리 닦아도 깨끗하게 지워지지 않았다. 바닥에 흩어진 갈색 얼룩들은 그 자리에 처음부터 존재했던 것 같았다. 희수는 세제와 걸레를 내려놓고 라텍스 장갑을 벗었다. 반나절 내내 청소했지만 카페 안은 여전히 어수선했고, 원래의 모습으로 돌아오지 못했다.

그 일이 있고 나서 열흘 만에 카페 안에 발을 들여놓았다. 두려웠지만 언제까지 방치해둘 수는 없었다. S시에서 새로운 삶을 선택한 자신이 틀리지 않았음을 증명하고 싶었다. 집 안에서 마냥 웅크리고 있으면 엄마는 패배자 취급할 게 분명했다. 할 수 있는 데까지 바닥 청소를 마치고 음료 잔이 그대로 놓여 있는 테이블을 정리했다. 커피와 자몽청이 말라붙은 컵을 씻고 나자 이마에서 땀이 한 방울 흘러내렸다. 희수는 선반에서 위스키를 꺼내고 자신을 위한 커피를 한 잔 만들었다.

늘 만들던 대로였지만 오늘의 아이리시커피는 어떤 맛도 느껴지지 않는 것 같았다. 희수는 두어 모금 마시고 유리잔을 바 위에 내려놓았다. 통유리 너머로 보이는 거리 풍경은 달라진 게 없었다. 백화점과 멀티플렉스, 그 옆에 새로 생긴 웨딩홀 앞을 사람들이 부지런히 오가고 있었다. 지극히 평범한 얼굴을 한 사람들의 모습에서 희수는 돌연 섬찟함을 느꼈다. 저 안에 무엇을 감추고 있을지, 빗나간 분노가 어디로 향할지 누가 알겠는가. 자신을 비껴가 소미에게로 향한 불운이 언젠가는 피할 틈조차 주지 않고 엄습해 올지도 모른다. 방관자를 응징하기 위해서.

식어버린 커피를 한 모금 더 마셨을 때 문 여는 소리가 들렸다. 순간 심장이 두근거렸다. 조심스러운 발걸음으로 안에 들어선 사람은 중년의 여자였다. 희수는 여자를 한 눈에 알아볼 수 있었다.

"한번 와보고 싶었는데 용기가 안 났어요."

소미 엄마는 희수가 내준 아이리시커피가 담긴 유리잔을 손으로 감싸 쥐며 말했다. 손톱은 붉은 살이 살짝 드러날 정도로 짧게 깎여 있었다. 희수는 자리에서 일어나 바 안쪽으로 갔다. 서랍장에 소미의 물건을 보관해두었다. 연한 회색 카디건과 남색 천 가방을 테이블 위에 놓았다. 소미 엄마에게 무슨 말을 건네야 할지 몰라 시선을 돌렸다. 도로변의 은행나무에서 떨어진 노란 잎사귀들이 바람에 흩날렸다.

"사장님은 괜찮으세요?"

소미 엄마의 얼굴에는 어떤 원망도 묻어 있지 않은 것 같았다. 이해할 수 없는 모든 것을 받아들이기로 한 듯 초연함마저 느껴졌다. 하지만 희수는 그 얼굴을 차마 마주할 수 없어 고개를 떨궜다.

"사장님이 좋은 분이라 일하기 편하다고 소미가 그랬어요. 다른 데서 일할 때보다 훨씬 낫다고."

소미 엄마의 목소리가 가늘게 떨렸다. 희수는 아무 말도 할 수 없었다. 그날 아픈 소미를 외면한 것에 대한 자책감이 안도감으로 바뀌었다는 건 평생 누구에게도 말하지 못할 것이다. 테이블을 사이에 두고 두 사람은 각자의 생각에 잠겼다. 얼마간 침묵이 흘렀다. 소미 엄마가 카디건을 조심스럽게 접어 천 가방에 담았다.

"그만 가볼게요."

"제가 도울 만한 일이 생기면 말씀해주세요."

집으로 돌아가는 길에 어깨를 축 늘어뜨린 채 천천히 걸어가던 소미 엄마의 뒷모습이 계속 떠올랐다. 오피스텔 근처는 유난히 적막했다. 편의점에서 맥주 네 캔과 감자칩 한 봉지를 샀다. 늦은 저녁 대신이었다. 현관문을 열고 집에 들어서자 사위가 온통 어두웠다. 센서 등이 고장 났는지 켜지지 않았고, 코끝에 스며드는 익숙한 디퓨저 향으로 자신의 집이라는 걸 인식할 수 있었다. 거실 불을 켜고 나서도 희수는 집이 낯설게 느껴졌다. 텔레비전을 켜 둔 채 식탁 앞에 앉아 맥주를 마시면서 희수는 불안감에 사로잡혔다. 이 도시에서 계속 카페를 하며 살아갈 수 있을까. 자신이 없었다. 하지만 여기를 떠나 갈 곳도 없었다. 하루빨리 일상으로 돌아가야 했다.

밤새 한숨도 못 잔 채로 날이 밝았다. 평소의 루틴대로 조깅을 하고 아침을 챙겨 먹고 카페로 출근했다. 실내 공기를 환기시킨 후에 차분한 피아노 연주곡 리스트를 틀었다. 윤이 나도록 테이블을 닦고 바닥에 물걸레질까지 마쳤을 때는 마음이 조금 가벼워진 듯했다.

에스프레소 머신에 채워 넣을 원두를 가지러 창고로 갔다. 바 안쪽의 창고는 좁았지만 어둡고 서늘해서 원두를 보관하기엔 적당한 곳이었다. 아래쪽 선반에 놓아둔 에티오피아 예가체프를 꺼내기 위해 허리를 숙였을 때 바닥에 무언가 떨어져 있는 게 보였다. 짙은 푸른색 천으로 만든 머리끈이었다. 희수는 머리끈을 집어 먼지를 털고 주머니에 넣었다. 돌려줘야 할 것 같았다.

영업을 재개한 첫날 손님은 다섯 명도 안 되었고 오랜 시간 혼자 카페를 지켰다. 저녁 9시에 마감을 하고 지하철역으로 갔다. 소미의 집은 카페에서 지하철을 타고 다섯 정거장을 가서 마을버스를 타고 10분 정도 더 가야 했다. 마을버스에서 내리자 낡은 빌라촌이 눈에 들어왔다. 과일이라도 살 만한 곳을 찾았지만 작은 슈퍼마켓 하나가 보일 뿐이었다. 오렌지 한 봉지를 사 들고 골목길에 접어들자 비슷하게 생긴 갈색 벽돌집들이 모여 있었다. 좁은 길 위로 보이는 밤하늘에 달이 유독 밝게 빛났다. 희수는 오른쪽에서 세 번째 집 지하로 내려가 벨을 눌렀다.

"오시느라 고생하셨죠. 얼른 들어오세요."

소미 엄마는 지쳐 보였다. 집은 작았지만 깔끔하고 아늑했다. 늦은 저녁을 먹으려던 참인지 라면 봉지 하나가 싱크대 위에 놓여 있었고 가스레인지 위의 냄비에서 물이 끓는 중이었다.

"식사는 하고 오셨어요? 같이 좀 드실래요?"

소미 엄마의 말에 희수는 문득 허기를 느꼈다. 하지만 선뜻 먹겠다고 해도 되는 걸까. 망설이는 사이에 소미 엄마가 라면 한 봉지를 더 꺼냈고, 금세 두 사람 몫의 수저가 거실의 낮은 테이블 위에 차려졌다. 무릎을 꿇은 채로 앉아 있는 희수에게 소미 엄마가 베이지색 방석을 건넸다.

"거기서 계속 일하려면 힘드시겠어요. 매일 생각날 텐데."

누군가 자신을 부드러운 손길로 토닥여준 것 같았다. 희수는 방석을 깔고 편안하게 앉았다. 거실 장 위에 머리를 양 갈래로 묶고 강아지를 품에 안은 채 웃고 있는 소녀의 사진이 놓여 있었다.

"일곱 살 때예요."

소미 엄마가 김이 오르는 라면 그릇을 희수 앞에 놓아 주며 말했다.

"어릴 때부터 제가 일을 다녀서 강아지랑 혼자 있는 시간이 많았어요. 외동이라 놀아줄 형제도 없었고요."

소미의 작은 품에 깊숙이 몸을 파묻은 개는 편안해 보였다. 희수는 젓가락을 들고 면발을 조금씩 건져 먹고 갓 담근 듯한 김치도 집어 먹었다. 아삭하게 씹히는 맛이 좋았다.

"이게 창고에 있더라고요."

쇼핑백에 담아온 머리끈을 내밀자 소미 엄마는 손바닥 위에 머리끈을 올려놓고 가만히 쓰다듬었다.

한동안 정적이 감돌았다. 고개를 숙인 소미 엄마의 이마에 굵은 주름 하나가 선명하게 잡혀 있었다. 창문으로 희미하게 달이 보였다. 달빛은 해가 들지 않는 곳들도 샅샅이 비추는 것 같았다.

"언제 저랑 같이 갈까요, 소미 보러."

소미 엄마가 고개를 들어 희수를 바라봤다. 무슨 말을

더 하고 싶은 듯한 얼굴이었다. 희수는 소미 엄마와 함께 교외의 봉안당으로 가는 버스에 오르는 자신을 상상했다. 날씨는 더없이 화창하고 차창 밖으로 흰색과 분홍색, 노란색 들꽃이 피어 있다. 따사로운 햇볕이 창가 자리에 앉아 바깥 풍경을 보고 있는 소미 엄마의 얼굴을 비춘다. 감정을 가늠하기 힘든 그 얼굴을 희수는 오래도록 바라본다.

호날두의 눈물

양현모 | 서울에서 태어났다. 미술을 전공했다. 매일 읽고 쓰면서 조금씩 나아가고 싶다. 소설 쓰는 일이 즐겁다.

이어지는 하품을 끊어내지 못한 채 유리문을 열었다. 바닥을 쓸고 있던 종규가 형님 어제 또 밤새셨죠? 하고 말을 걸어왔다. "어떻게 알았어?" 내가 되묻자 종규가 내 눈을 손으로 가리켰다. 거울에 얼굴을 비춰보았다. 하룻밤 사이에 꺼칠하게 올라온 수염과 짙게 내려온 다크서클이 보였다.

"어쩔 수 없었어. 승부차기까지 가서."

유로컵 16강전, 포르투갈과 슬로베니아의 경기를 보느라 두 시간 남짓 자고 출근하는 길이었다. 포르투갈이 이기는 게 당연하다고 생각했기에 새벽까지 챙겨볼 생각은 없었지만, 생각보다 고전하는 바람에 졸다 깨기를 반복하면서도 화면을 끄지 못했다. 그러다 페널티킥을 실축하고, 장난감 뺏긴 어린애처럼 입을 삐쭉대다가 울어버리는 호날두를 보자 잠이 홀랑 달아났다. 쟤는 아직도 저러고 우냐.

종규가 컴퓨터로 지난밤 경기 하이라이트 영상을 틀었다. 호날두의 페널티킥을 잡아내는 슬로베니아 골키퍼가 클로즈업되어 나왔다.

"저 키퍼 어디서 본 적 있는데."

종규가 알은척을 했다.

"아틀레티코에서 뛰어."

"아, 맞네, 요즘 라리가는 잘 안 봐요. 프리미어리그 보기도 바빠서."

페널티킥을 보기 좋게 실축하고 울고 있는 호날두의 얼굴이 화면에 크게 잡혔다. 종규가 스페이스 바를 눌러 영상을 멈추더니 낄낄대며 말했다.

"날강두, 저 찌질한 새끼. 그러니까 메시한테 안 되는 거지. 저런 것도 주장이라고 달래줘야 하는 포르투갈 애들도 불쌍하네요."

"그러게."

종규의 말에 호응은 했지만, 그 장면은 내 머릿속에 남았다.

오전엔 액정 필름을 붙이거나 요금 수납과 약정에 관해 물어보는 사람들만 들락날락할 뿐 휴대전화를 한 대도 판매하지 못했다. 시장 근처 순두붓집에서 점심을 먹고 들어가면서 옆 편의점에 들렀다. 오늘도 귀엽게 생긴 단발머리 아르바이트생이 나와 있었다. 늘 토익 문제집을 펼쳐두고 있었는데 빈 계산대 위를 보니 오늘은 공부를 하지 않는 모양이었다.

무얼 마실까 음료 코너를 둘러보다가 원 플러스 원으로 판매하는 스타벅스 프라푸치노 헤이즐넛라테가 보였다. 마침 커피를 마시려던 참이라 병 두 개를 집어 계산대로 가져갔다.

"3000원이요. 카드 꽂아주세요."

"학생, 이거 하나 먹어요."

"저 괜찮아요."

커피를 내밀자 아르바이트생은 두 손을 내저으며 사양했다. 내젓는 손짓에 맞춰서 단발머리가 찰랑거렸다. 불과 얼마 전까지만 해도 고맙다고 배시시 웃으면서 주는 대로 족족 받아먹었는데, 여러 번 받아서 괜히 미안하다고 생각하는 것일까.

"아냐, 사양하지 말고 먹어요. 두고 간다."

계산대 위에 커피를 올려두었다. 아르바이트생의 휴대전화가 보였다. 최신형 아이폰, 편의점에서 일하면서도 휴대전화는 최신형을 쓰는 모양이었다. 최신 폰에 어울리지 않게 액정 필름 구석이 까져서 나달거리고 있었다. 편의점을 나서면서 손을 흔들었다.

"아이폰 필름 붙이러 와요. 지문 방지 필름 하나 그냥 해 줄게. 나 그거 되게 잘 붙여요."

아르바이트생은 편의점을 나가는 나를 아무 말 없이 보고 있었다. 딸랑, 소리를 내며 편의점 문이 닫혔다.

사장은 오늘 아침에도 출근하지 않았다. 나에게 매니저 직함을 준 이후에는 점점 게을러져 가게에 들르지도 않고 바로 같은 건물 지하의 스크린 골프장으로 향하는 날이 많았다. 오늘 내로 영업 전화를 돌려야 한다고 명령 투로 지시하는 수화기 속 사장의 목소리가 그날따라 거슬렸지만, 종규와 나란히 앉아 별수 없이 전화를 돌렸다. "안녕하세요, ○○텔레콤입니다." 내 말을 끝까지 들어주는 사람 하나 없었다. "아 네, 누구요?" "괜찮습니다." "바쁩니다."

"운전 중입니다." "이런 전화 좀 하지 마세요." 툭 하고 끊기는 전화. 이만하면 양반이었다. 종로에서 뺨 처맞고 한강에서 눈 흘긴다고 갑자기 되도 않는 짜증과 욕설을 늘어놓는 사람들도 있었다.

신형 휴대전화를 팔고, 집 전화와 인터넷 결합 상품을 팔아야 마진도 남고 인센티브도 오르지만, 오늘은 하루 통틀어 기본요금제 효도폰 두 대밖에 못 팔았다. 다시 희망을 안고 요금제를 바꾸지 않겠느냐는 영업 전화를 몇 곳 돌려봐도 내 말을 끝까지 들어주는 사람도, 조금이나마 솔깃해하는 사람도 없었다. 그래서 나는 종규에게 오늘 손님도 어지간히 없는데 적당히 하고 가자며 눈을 찡긋하고 말했다.

퇴근하면서 편의점을 흘끗댔다. 유리창 안으로 계산대에 앉아 있는 단발머리 아르바이트생이 보였다. 평소엔 이 시간이면 남자애로 바뀌어 있곤 했지만, 오늘은 늦게까지 일하는 모양이었다. 시장 골목을 가로질러 버스 정류장이 있는 내리막길을 걸었다. 좁은 골목에서도 차들은 속도를 내며 달렸고, 그 옆으로 장바구니가 달린 수레를 끄는 할머니들이 위태롭게 걸어 다녔다.

정류장에 서서 버스를 기다리는데 누군가 타닥타닥 발을 구르며 달려오는 소리가 들렸다. 뒤를 돌아보자 단발머리 아르바이트생이 숨을 헐떡이며 내 뒤에 서 있었다. 어, 방금까지 편의점에 있었는데 언제 나온 거야. 반가운 마음에 인사를 했다. 그리고 여기서 버스를 타고 가느냐고 물었다.

"아, 네."

대답을 하면서 눈을 마주치지 않는 모습에 부끄럼을 타는 성격인가 보다고 생각했다. 가까이서 보니 발간 얼굴이 더 귀여웠다.

"몇 번 타요?"

어디 사느냐고 물으면서 부담을 주고 싶진 않았다.

"350번이요."

"저기 350번 온다!"

마침 도착하는 버스를 손으로 가리켰다. 아르바이트생이 버스에 오르자 나는 창문을 향해 손을 흔들었다. 다른 승객들 때문에 내 쪽을 보지 못하는 듯했지만, 버스가 떠날 때까지 나는 한참 그 자리에 서서 인사했다.

*

다음 날은 평소보다 일찍 도착했는데도 사장이 출근해 있었다. 아침부터 나와 있는 날은 드문데 웬일인가 싶었다. 사장은 데스크 구석에 떨어진 액정 필름과 프린터 옆에 널브러진 계약서들을 지적하면서 아침부터 잔소리를 해댔다. 샌님 같은 외모의 사장은 평생 자영업이라곤 해본 적이 없었다. 통신사 대기업을 평생직장 삼아 다니다가 퇴직하면서 어찌저찌 대리점을 열게 된 사장은 사소한 일 처리 하나도 혼자 할 줄 몰랐다. 회사에서 그를 부장 자리까지 오르게 한 건 큰 목소리를 내며 의견을 관철하는 카리스마였을 테지만, 중년의 카리스마는 노년에 이르러 꼰대의 표식이 되어버리고 말았다.

사장은 나나 종규 없이는 가게가 안 돌아가는 거 알면서 당장이라도 그만두겠다는 소리가 듣고 싶은 듯 끊임없이 잔소리를 쏟아냈다. 사장이 그럴 때마다 내일이라도 종규를 데리고 나가서 길 건너편에 가게를 차려버릴까 하는 생각도 들었다. 마침 임대 현수막이 붙은 빈 가게도 있었다. 아니다, 그만하자. 또 섣부른 결정으로 다 망쳐버리고 말 것이라는 생각에 몸을 사렸다.

사장이 자리를 비운 오후 나절, 진열된 휴대전화 모형을 닦고 곧 출시 예정인 제트플립7 포스터를 벽에 붙였다. 초등학생 남자아이의 손을 잡은 한 여자가 들어왔다. "어서 오세요." 종규와 동시에 인사했다. 가지런한 손톱에 좋은 머릿결, 돈 좀 쓸 것으로 보이는 외모에 내가 하겠다고 종규를 툭툭 건드리며 데스크에 자리를 잡았다. 오늘 잘만 하면 결합 상품까지 팔아치울 수 있으리라는 기대감이 차올랐다.

여자는 상품에 대한 설명을 시작하기도 전에 초등학생이 쓸 만한 2G폰을 찾았다. 이미 조사를 많이 하고 온 것인지 요금제나 모델명에 대해서도 빠삭했다. 요즘 엄마들은 참 정보가 빨라, 이런 것도 다 그놈의 '맘카페'에 올라오는 건가, 라고 혼자 생각을 하며 슬슬 텔레비전은 어떤 통신사 상품으로 보고 있는지, 집 인터넷 속도에는 만족하는지, 현재 가족들이 얼마짜리 요금제를 쓰고 있으며 얼마나 할인을 받는지 조사에 들어갔다. 점점 말에 윤기가 붙고 속도가 빨라졌다. 이런 날이면 영업이 천직인가 싶을 정도로 말이 술술 나왔다.

"아뇨, 아저씨, 저는 그런 거 됐고요. 그냥 방금 말씀드린 그 기기만 사면 돼요."

"고객님, 그러지 마시고요. 제 말씀을 한번……."

"우리 애, 이제 가야 할 학원이 줄줄이라 바쁘거든요. 그런 결합 상품 안 하니까 빨리빨리 좀 해주세요."

더 이상 말이 통할 것 같지 않아서 신분증을 받았다. 복사하면서 흘끗 나이를 보았다. 1985년생, 나랑 동갑이었다. 85년생이 벌써 자식의 휴대전화를 사 주러 올 나이인가. 이른 결혼을 했던 친구들을 떠올려보았다. 동창 중에는 10년도 전에 결혼한 녀석이 있었다. 그럼 자식을 초등학교는 물론 중학교에 보낼 나이가 되었을 수 있겠다는 생각에, 나도 모르게 옅은 한숨이 새어 나왔다. 신분증을 돌려주며 여자의 얼굴을 뜯어보았다. 누구한테는 나도 애 딸린 아저씨처럼 보이겠구나 싶었다.

여자가 유리문을 열고 판매점을 나서는 찰나, 사장이 가게 안으로 들어왔다. 사장은 여자를 보며 조심히 들어가십시오, 라고 허리를 숙여 공손하게 인사했다.

"기기만 팔았어요. 하도 완강해서."

사장에게 변명하듯 말했다. 어딜 돌아다니다 왔는지,

사장의 얼굴이 빨갛게 상기되어 있었다.

"어, 잘했어. 그리고 박 매니저, 옆 편의점 가지 마."

"네?"

"아니, 여자 아르바이트생한테 커피 주면서 치근덕거렸다며."

"치근덕거리다니요. 그냥 하나 더 받은 거 준 거예요. 동생 같아서."

"또래를 만나야지, 어린애한테 기웃거리면 쓰나. 내가 누구 소개해줄게."

"누구요?"

"와이프 아는 동생 있어. 아직 시집 못 간."

"소개팅은 저랑 잘 안 맞아요. 뭔가 부담스럽고, 저는 '자만추' 스타일이라."

"자만추건 무슨 추건 옆 편의점은 제발 좀 가지 마. 아르바이트생이면 한 스무 살짜리 대학생 아냐? 우리 종규 씨보다 어린 애잖아. 내가 진짜 민망해가지고."

종규가 나를 보고 무슨 일이냐며 눈썹을 치켜올렸다. 나는 어깨를 으쓱했다. 사장은 청소나 좀 더 하라는 잔소리를 덧붙이곤 가게를 떠났다. 나가면서 유리문에 곱게 붙여놓은 제트플립7 포스터를 다시 붙이라는 쓸데없는 지적도 잊지 않았다.

사장이 떠나자마자 자리에서 벌떡 일어나 편의점으로 향했다. 대체 무슨 소리를 한 건지 단발머리에게 물어보기라도 할 작정이었다. 내가 뭘 어쨌다고? 어이가 없었다. 편의점에 들어서자마자 창고로 서둘러 들어가는 단발머리의 뒷모습이 보였다. 음료 진열대에서 아무거나 손에 잡히는 대로 쥔 채 계산대로 갔다. 웬 사내놈이 서 있었다.

"콜라 원 플러스 원이세요."

남자 아르바이트생이 음료 진열대를 가리켰다. 나는 굳게 닫힌 창고 문에서 시선을 떼지 못한 채 콜라를 하나 더 들고 왔다.

"2100원이요. 카드 꽂아주세요."

나는 남자 아르바이트생을 아래위로 훑어보았다. 뭐라고 얘기를 꺼내야 할지 입이 떨어지지 않았다. 잠시 서성이다 편의점을 나왔다. 대리점으로 돌아와 콜라를 종규에게 건넸다.

"웬 콜라예요?"

"하나 더 주길래."

"형님, 그사이 편의점 갔다 오신 거예요? 사장님이 가지 말라고……."

"너까지 이럴래?"

사장은 문 닫을 시간까지 돌아오지 않았다. 소개시켜준다는 여자 사진이라도 보여달라고 할 걸 그랬나, 하는 아쉬운 마음에 침을 삼켰다. 멍 때리고 앉아서 카카오톡 친구 목록을 살피는데 현주의 바뀐 프로필 사진이 눈에 들어왔다. 딸의 돌잔치 사진, 돌을 맞은 딸아이 옆에는 어린이용 양복을 입은 제법 큰 남자아이도 있었다. 벌써 애가 둘이라니. 현주의 결혼 소식을 들었을 때만 해도 마음이 철렁 내려앉았지만, 이제는 현주의 아들딸 사진을 보아도 이전만큼 크게 동요하지 않았다. 나는 누굴 만나도 그때만큼 마음이 커지지 않았는데, 현주는 금방 다른 사람을 만났다. 현주에겐 쉬운 일이 나한테는 그렇게나 어려웠다. 나만 제자리에서 허우적대고 있었다.

*

현주와 나는 2014년에 처음 만났다. AOA의 〈짧은 치마〉와 오렌지캬라멜의 〈까탈레나〉가 유행한 해, 내 첫 조카가 태어난 해, 레알마드리드에서 뛰던 호날두가 챔피언스리그에서 최다 골을 기록해 2013년에 이어 2년 연속으로 발롱도르를 수상한 해. 나 또한 2014년이 전성기였다. 무엇이든 할 수 있을 것 같은 자신감이 넘치고, 연락하는 여자들이 끊이질 않았을 뿐 아니라, 건드리는 일마다 술술 풀리던 서른 살의 나는 대기업 계열사 직장인으로 근무하던 중 휴가차 스페인을 찾았다.

대학 시절부터 밤을 새우며 라리가를 보던 나는 레알마드리드와 FC바르셀로나가 붙는 엘클라시코 결승전을 보기 위해 마드리드행 비행기에 올랐다. 스페인의 다른 도시는 둘러보지 않고 일주일 동안 마드리드 중심부 에스파냐광장 뒷골목에 있는 한인 민박집에서 묵었다. 같은 시기 산티아고 순례길을 돌고 민박집을 찾은 한 무리의 여자애들이랑 어울렸는데, 현주는 그중 하나였다. 내가 축구를 보러 왔다고 말했을 때, 현주는 올해 이니에스타의 폼이 어떻고 사비가 어땠는지 이야기하다가 홍명보 감독이 브라질월드컵에서 대차게 말아먹은 이유에 대해 늘어놓았다. 그 순간 나는 현주에게 마음을 뺏겨버렸다.

베르나베우 경기장 관중석에 앉아서도 시내의 펍에서 같은 경기를 보고 있을 현주를 떠올렸다. 한 번밖에 안 본 사이인데 축구보다 마음이 가는 상대는 오랜만이었다. 경기가 끝나자마자 택시를 잡아타고 민박집 사람들이 모여 있는 솔광장의 스포츠 펍으로 향했다. 현주네 일행이 한국으로 돌아가기 전까지는 이틀이 남아 있었고, 그때의 나는 이틀이면 충분하다고 생각했다.

*

출근길에 아침거리를 살 요량으로 편의점에 들렀다. 요즘엔 뭘 먹어도 뒤만 돌아서면 출출했다. 편의점에는 아침 시간엔 잘 안 보이던 엄마뻘 사장이 나와 있었다. 사장이 나를 보곤 다짜고짜 옆 대리점에서 일하시죠, 라고 물었다. 나는 그렇다고 대답했다.

"아니, 그쪽 때문에 우리 아르바이트생이 그만둔 거 아셔요?"

"네?"

"휴대전화 가게 아저씨가 찝쩍댄다고 관둬버렸잖아. 그래서 내가 오늘 아침 댓바람부터 나온 거잖아요."

사장이 껌을 쫙쫙 씹으면서 시비 거는 투로 말했다.

"저 그런 적 없어요."

아무렇지 않은 척 대답하면서도 어제 창고로 들어가던 단발머리의 뒷모습이 머릿속에 스쳤다.

"뭘 없어. 들어보니까 커피 주고, 음료수 주고, 과자 주고."

"주는 것도 잘못이에요? 그냥 하나 더 받아서 준 거예요."

"버스 정류장에서 어디 가느냐고 질척대고. 그러니까 아르바이트생들이 그쪽을 '개저씨'라고 한다고요."

"개저씨라니, 말이 심하시네요. 안 와요, 안 와. 내가 여기서 얼마를 팔아줬는데. 다신 오나 봐라."

편의점 유리문을 쾅 닫고 나왔다. 짜증이 몰려왔다. 뭘 했다고 치근덕에 질척에 개저씨라는 소리까지 들어야 하는지 억울했다. 골프도 유흥도 하나 안 하고 매일 성실히 살고 있는 나한테 개저씨 딱지를 붙이는 게 가당키나 한가, 그냥 음료수 몇 번 나눠 먹자고 준 걸로 착각하기는, 별로 예쁘지도 않은 게, 라고 생각했다.

가게로 들어오자 종규가 아침에 들어온 제트플립7을 정리하고 있었다. 종규에게라도 억울한 마음을 하소연해야겠다는 생각이 들었다. "야, 종규야 가까이 좀 앉아봐." 종규는 한 손으로 택배 박스를 뜯으며 내 말을 들었다. "내가 번호를 물어보길 했어, 카톡을 보내길 했어, 사귀자고 들이대길 했어, 뭘 했어. 네가 생각해도 억울하겠지?" 나도 모르게 점점 목소리가 커져갔다.

"그런데 형님, 요즘 애들 카톡 안 해요. 인스타그램으로 DM 하지. 카톡은 엄마랑만 하죠."

종규가 유리창 너머로 시선을 두며 말했다. 유리창에는 며칠 전 나와 종규가 붙여놓은 제트플립7 포스터가 붙어 있었다. 화면이 접히는 휴대전화가 나온 지 얼마 된 것 같지도 않은데 벌써 7이라니. 따라잡기 버거울 정도로 기술은 빠르게 발전하고, 세상은 순식간에 변하고 있었다.

처음부터 '폰팔이'를 하려던 건 아니었다. 2014년의 내가 10년 후의 나를 떠올렸을 때, 나는 이런 모습이 아니었다. 2024년이면 한강 뷰 아파트에 자가로 살며 토끼 같은 자식들을 두고 사업가로 날리고 있을 줄 알았다. 약 7년 전, 회사와 집을 오가는 생활 중 이게 내가 원하는 인생이 맞나 싶은 회한에 빠져 있을 때 아이핀 인증 관련 스타트업을 같이해보자는 대학 선배의 꼬드김에 넘어갔다. 이미 기술은 있으니 영업만 하면 된다면서, 말을 잘하는 내가 필요하다고 했다.

그렇게 나는 찬란한 미래를 꿈꾸며 멀쩡하게 다니던 회사를 그만두고 스타트업 판에 뛰어들었다. 그때는 한 번 사는 인생인데 한 살이라도 젊을 때 도전해보자는 생각이었다. 사무실에 앉아 있는 것보다 사람들을 만나고 다니는 일이 나랑 맞을 것 같기도 했다. 그때만 해도 선배와 내가 탄 배가 별 볼 일 없는 나룻배이며 항해의 시작부터 가라앉고 있음은 조금도 느낄 수 없었다. 우리는 아직 투자자들의 눈에 띄지 못했을 뿐이며 조금만 기다리면 호재가 올 거라는, 결국 스타트업도 주식과 비슷한 것이라 오래 버티는 사람이 이기는 거라고, 버티다 보면 월급쟁이로는 만져볼 수 없는 성공을 이루게 되리라는 믿도 끝도 없는 희망에 갇혀서 하루하루를 보냈다. 선배와 나는 '중꺾마'의 마음으로 때가 오기만을 기다리며 배가 완전히 난파되기 전까지 현실을 직시하지 못했고, 그 덫에서 벗어나지 못했다.

그 무렵 내가 선배의 말에 넘어가지만 않았더라면, 그냥 다니던 회사를 계속 다녔더라면, 조금이라도 일찍 현실을 직시했더라면 현주와 헤어질 일도 없었을 것이다. 한강 뷰 아파트까지는 어렵더라도 내 카톡 프로필 사진이 아이 돌잔치나 유치원 입학 사진일 수는 있었다. 씨만 남을 때까지 먹어본 뒤에야 썩은 사과라는 걸 알아챈 나 자신이 한심했다. 지금 후회해봤자 다 지난 과거일 뿐이었지만, 어느새 새로운 흐름에 합류하지 못하고 단종되어버린 구형 휴대전화처럼 내 인생도 언제부턴가 발전을 멈춰버린 걸지도 모른다는 생각이 들었다.

대리점은 제트플립7의 물량이 없어 못 팔 만큼 문전성시를 이뤘다. 밥 먹을 시간도 없이 재고를 체크하고 가입자를 받고 휴대전화를 팔고 액정 보호 필름을 붙였다. 베짱이처럼 시간을 보내던 사장도 오늘만큼은 온종일 가게에 붙어 있었다. 쉴 새 없이 일만 했는데 문 닫을 시간이 한참 지나서도 손님들이 끊이질 않았다. 겨우 마무리하고 가게를 나서며 유리문 밖으로 내놓은 입간판을 안으로 들여놓았다. 유명 연예인이 제트플립7을 들고 서 있는 입간판 광고 포스터에는 이렇게 적혀 있었다. AI 시대에 오신 것을 환영합니다. 혁신이란, 이런 겁니다. 혁신이라. 나에게도 혁신이 필요했다.

무슨 혁신을 해볼 수 있을까 생각하며 집으로 가는 길, 누나가 너도 이제 나이가 있으니 몸 관리 좀 하라며 링크를 보내왔다. 이런 건 보통 열어보지도 않지만 그날따라 궁금했다. 시장 골목 끝자락에 있는 라면집에 자리를 잡고 생맥주 한 잔을 시킨 참이었다. 골이 깨질 만큼 차가운 맥주를 들이켜면서 누나가 보낸 링크를 따라 들어가보았다. 한 내과 의사가 그려놓은 가속 노화의 악순환 그래프였다. 그래프에는 가속 노화 식사와 수면 부족이 유발하는 신체 변화, 그로 인한 의사 결정 실수가 개저씨 행동으로 이어진다고 나와 있었다. 배가 불뚝 나온 E.T. 사진이 붙어 있는 마지막 화살표까지 따라 읽었을 때 마침 라면이 나왔다. 라면은 저속 노화 식단과는 거리가 멀 게 분명했지만 후후 불면서 정신없이 먹었다. 나도 이렇게 개저씨가 되어가는 걸까. 개저씨가 되는 건 나의 잘못일까. 시간의 흐름인 걸까. 도대체 개저씨가 아닌 사십대가 있기는 할까.

*

현주와 나는 5년을 연애하고 2019년에 헤어졌는데 그즈음의 우리는 쓸데없는 걸로도 매일 같이 싸웠다. 이전까지는 사소한 다툼도 손에 꼽을 만큼 사이가 좋았기에 나는 그 시기를 어떻게 이겨내야 할지 미처 알지 못했다. 시작은 아마도 현주의 쌍꺼풀 수술이었다. 현주는 자신의 짝눈이 바보 같아 보인다며 쌍꺼풀 수술을 하겠다 했고 나는 지금 그대로의 네 모습이 좋으니 하지 말라 했다. 그러다 나는 현주의 일에 그렇게까지 간섭하는 게 맞는가 싶은 생각이 들어 너를 행복하게 하는 일이라면 뭐든 좋으니 네가 알아서 결정하라고 말했다. 그때 현주는 내가 말끝마다 늘 행복에 관해 말한다 지적했고, 그것에 대해서 화를 냈다. 현주는 행복이 중요하지 않다고 했다.

"오빠, 우리 인생에는 행복 말고도 중요한 게 많아. 오빤 늘 뜬구름 잡는 소리를 해."

행복에 대한 쓸데없는 논쟁이 끝나지 않은 상태에서 5주년 기념일이 다가오고 있었다. 나는 우리 사이에 사소한 말다툼을 종식할 만한 무언가 크고 특별한 게 필요하다고 생각했다. 그래서 2019년 7월 26일, 진성 축구 팬이던 현주와 나, 그러니까 우리를 위해 이벤트를 준비했다. 마침 기념일에 딱 맞춰 K리그와 유벤투스FC의 친선 경기가 있었고, 유벤투스FC로 이적한 호날두가 방한할 예정이었다. 나는 그 티켓을 어렵게 구했다. 좋은 자리의 티켓을 산다고 웃돈까지 주느라 두 장에 100만 원이 훌쩍 넘었다. 스타트업에 종사할 때라 벌이가 시원찮을 때였지만, 그래도 괜찮았다. 즐거운 추억이 될 게 분명했다.

현주와 나는 홍대 앞에서 만나 밥을 먹고 서울월드컵경기장까지 걸어갔다. 우리는 잔뜩 들떠 있었다. 내가 무슨 말을 할 때마다 꼬투리를 잡으며 지적하던 현주도 그날만큼은 시비를 걸지 않았다. 우리의 대화 주제는 단연 호날두였다. "실제로는 발이 얼마나 빠를까." "K리그 수비수들이 호날두를 막기는 어렵겠지." "호날두한테만 수비가 세 명쯤 붙을까." "골은 몇 골이나 넣을까." "K리그가 박살 나도 좋으니 호날두 골 좀 많이 보고 싶다." "직관이 라니, 그것도 서울에서, 꿈만 같아."

벤치에 앉아 있는 녹색 조끼를 입은 호날두가 전광판에 나올 때마다 현주와 나는 환호성을 질렀다. 물을 마시는 호날두, 손을 흔드는 호날두, 윙크를 하는 호날두, 동료와 포옹하는 호날두를 전광판으로 보았지만, 필드에서 뛰는 호날두를 못 봤다. 전반에는 뭐 그럴 수 있다고 생각했다. 어제 광화문에서 예정된 사인회까지 취소되었다고 하니까 컨디션이 좋지 않을 수도 있었다. 그래도 곧 나오겠지, 라고 생각하면서 그의 이름을 목이 터져라 불렀다. 유벤투스FC에서 선수 교체를 할 때마다 7번인가 살폈지만, 마지막까지 7번은 뜨지 않았다. 주심의 호루라기로 추가 시간 없이 후반전이 마무리되고 호날두가 벤치에서 일어나 경기장을 떠날 때 나도 다른 관중들처럼 야유를 쏟아냈다. 경기 내내 크리스티아누, 라고 목청이 터지게 부르던 이름도 듣기 싫어졌다. 애초에 유니폼이 아닌 핑크색 티셔츠를 입고 경기장에 나타났을 때부터 그 새끼는 뛸 생각이 없던 걸지도 몰랐다. 바보가 된 기분이었다. 나 혼자 바보가 된 게 아니라 현주까지 바보로 만든 기분이 들었다.

현주와 나는 경기장에서 나와 월드컵경기장역으로 향하는 내내 아무 말도 하지 않았다. 경기장에서 한꺼번에 나온 사람들로 붐볐고 택시도 잡히지 않았다. 우리는 인파에서 빠져나와 마포구청역으로 향했다. 걸어가는 내내 현주는 나에게 말을 걸지 않았고, 나도 왠지 기분이 좋지 않아 현주와 한 발 떨어져서 걸었다. 호날두 때문인지 원래 헤어질 거였는데 그냥 계기가 필요했던 건지는 몰라도 나는 그날 현주와 크게 싸웠다.

마포구청역에 다다랐을 때 현주는 내가 입고 있는 유니폼에서 땀 냄새가 나니 지하철을 타기 전에 역 화장실에서 옷을 갈아입으라 말했고, 나는 그냥 가겠다고 우겼다. 다른 티셔츠가 가방에 있긴 했지만 그날만큼은 현주가 나를 향해 지적하는 것들이 참아지지 않았다. 현주와 나는 역 앞에 서서 실랑이하다가 점점 큰 소리를 냈다. 지나가는 사람들이 길에서 싸우는 우리를 흘끗댔다.

"아이 씨, 제발 별것도 아닌 걸로 성가시게 좀 하지 말라고!"

현주의 손길을 뿌리치며 뱉은 말에 현주가 등을 돌려

그대로 뛰어가 택시에 올랐다. 현주가 탄 택시가 멀어졌다. 전화를 걸었지만 몇 번의 응답 없는 신호음 끝에 휴대전화가 꺼져 있다는 안내가 나왔다. 현주가 완전히 떠났다는 생각이 들었을 때 나는 후회했다. 애초부터 경기장에 오지 말걸. 차라리 그 돈으로 그동안 제대로 못 했던 데이트나 실컷 할걸. 택시를 탈까 하다가 지하철을 타러 역으로 내려갔다. 스크린 도어에 숫자 7이 크게 쓰여 있는 유니폼을 입은 내 모습이 비쳤다. 이게 다 호날두 때문이었다. 씨발 새끼.

*

제트플립7은 날개 돋친 듯 팔려 나갔다. 멀쩡한 휴대전화를 쓰던 사람들도 신형 기기가 나오자마자 최신형 휴대전화로 바꿨다. 이 정도의 상품과 아이디어를 가지고 스타트업을 해야 했는데 선배만 믿고 제대로 된 것도 없이 섣불리 뛰어들었으니 지금 생각해보면 망하는 게 당연했다. 그때는 왜 그런 게 보이지 않았을까.

새로 들어온 제트플립7을 정신없이 정리하고 있는 종

규에게 새벽에 유로 8강전을 볼 거냐고 물었다. 종규는 새벽 1시에 예정된 스페인과 독일 경기만 볼 생각이라고, 사실상 그게 결승전이나 다름없다고 말했다.

"야, 그래도 4시에 호날두랑 음바페가 붙잖아."

나는 포르투갈과 프랑스 경기에 더 군침이 돌았다. 세대교체가 되는 진정한 승부가 될 것이었다.

"형님, 호날두 팬이었어요?"

"아니, 미쳤어? 나는 메시 좋아해."

"근데 왜 자꾸 호날두 얘기만 해요."

"내가 언제."

"아님 말구요. 아무튼 메시고 호날두고 다 옛날 사람이잖아요. 이젠 음바페의 시대죠. 아니면 바르샤의 야말? 개잘하던데."

"옛날 사람? 아직 둘 다 현역으로 뛰잖아."

"형님, 호날두고 페페고 포르투갈에 선수가 없어서 뛰는 거예요. 경기를 보고 있으면 이젠 진짜 안쓰러워요."

퇴근해서 집에 오자마자 암막 커튼을 치고 불을 껐다. 새벽 1시에 알람을 맞춰놓고 잠을 청했다. 눈을 감고 침대에 누워 있는데 초저녁이라 그런지 잠은 안 오고 시간이 지날수록 정신이 또렷해졌다. 밤을 새우며 축구 경기를 보는 것이 나잇값도 못 하는 멍청한 짓일까. 수면 부족으로 인한 노화 시계의 가속, 그로 인한 개저씨화. 누나가 며칠 전에 보냈던 그래프가 머릿속에 떠올랐다. 개저씨라는 말은 누가 만들어서 내 마음을 이렇게 후벼 파는지, 축구 하나 보는데 사람을 이렇게까지 비참하게 만드는지, 라고 생각하는 사이 나도 모르게 스르르 잠에 들었다.

꿈에서 나는 현주와 카타르월드컵에 있었다. 한국은 독일과 스페인을 연이어 제패한 뒤 2002년에 이어 20년 만에 다시 4강에 진출해서 아르헨티나와 맞붙을 준비를 했다. 현주와 나는 붉은악마 응원 티셔츠 차림으로 태극기를 들고 관중석에서 소리를 지르고 있었다. "근데 현주야, 어떻게 손흥민이랑 안정환이 같이 뛰지? 안정환이 주전이라고?" 안정환은 현역 시절 테리우스 같은 모습이 아니라 육아 예능 프로그램에 나올 때의 후덕한 모습이었다. 달리는 폼도 어딘가 이상했다. 그러다 메시가 찬 골이 자살골이 되면서 한국이 득점을 했다. 나와 현주는 방방 뛰며 소리를 질렀다. "메시는 어떻게 자살골도 저렇게 잘 넣는 거냐." 나는 현주를 껴안았다. 그때 머리를 빡빡 민 앤서니 테일러 심판이 인상을 잔뜩 찌푸린 표정으로 필드 가운데에 서서 호루라기를 불었다. "이 골은 다 무효입니다." 호루라기 소리에 음정과 박자가 있었다. 알람이 울려 이윽고 나는 잠에서 깼다.

아, 꿈이었구나. 카타르월드컵은 진작에 끝났다. 현주와 2022년 카타르월드컵에 같이 가자고 했었는데, 약속을 지키지 못했다. 카타르에 가는 김에 사막 여행도 하고 낙타도 타자고 했었는데. 카타르월드컵을 떠올리면 우승컵을 든 메시와 8강에서 탈락한 후 울면서 복도를 지나가던 호날두의 모습이 교차로 떠올랐다. 생각해보니 그때부터였던 것 같다. 호날두가 다시 신경 쓰이기 시작한 게.

침대에서 나와 냄비에 라면 물을 올리고 텔레비전을 켰다. 시작하자마자 토니 크루스의 반칙이 있었다. 해설은 이번 유로컵이 1990년생의 노장 토니 크루스의 마지막이 될 은퇴 경기이자 2007년생 유망주 라민 야말의 첫 유로컵이라 말했다. 물이 끓어서 부엌으로 갔다. 라면 봉지를 뜯어 끓는 물에 면과 분말수프를 넣었다. 거실과 주방을 종종걸음으로 오가면서 라면이 끓기를 기다렸다.

거의 다 익은 라면을 뒤적이고 있을 때 텔레비전에서 소리치는 해설자의 목소리가 들렸다. "오, 오, 오, 스페인의 역습인가요. 17세 라민 야말, 야말이 갑니다." 나는 라면 냄비를 들고 허둥지둥 텔레비전 앞으로 뛰어갔다. 그 순간, 거실 바닥에 엉켜 있던 휴대전화 충전 케이블에 발이 걸렸다. 앞으로 고꾸라지면서 냄비를 든 손이 휘청거렸고, 내 발등 위로 펄펄 끓는 라면 국물이 쏟아졌다.

"아, 씨발!"

해설자는 스페인이 안타깝게 골 기회를 놓쳤다고 말했다. 발등 위로 타는 듯한 통증이 느껴졌다. 바닥에 흥건하게 쏟아져 있는 라면 국물을 뒤로하고 나는 화장실로 달려갔다. 샤워기로 찬물을 틀고 발을 적셨다. 입고 있던 옷에도 라면 국물이 다 튀어 옷을 벗었다. 팬티 차림으로 대충 거실 바닥을 치우고 몇 가닥 남은 라면을 먹으면서 남은 경기를 보았다. 막상막하의 경기였던지라 눈을 떼기가 어려웠는데 경기가 진행될수록 발등이 따갑고 심상치 않은 통증이 느껴졌다. 따끔대는 발등 위로 붉은 수포가 올라오고 있었다. 전반전이 끝나는 호루라기 소리가 들리자마자 나는 옷을 대충 걸쳐 입고 근처 응급실로 향했다.

당장이라도 죽을 것만 같아 보이는 사람들 사이에서 나는 간호사가 준 멸균 거즈를 붙인 채 한참을 기다려야 했다. 대기실에 앉아서 휴대전화로 경기를 마저 보는데 연결이 끊겼다 멈추기를 반복했다. 답답해서 대기실 이쪽 저쪽으로 자리를 옮겨보았다. 그럴수록 발등 위의 수포는 점점 부풀어 올랐고 피부가 찢어지는 듯한 통증도 심해졌다. 기다림이 하염없이 길어지자 그냥 집으로 갈까, 하는 생각마저 들었다. 차라리 집에 있었다면 지금보다는 덜 아팠을지도 모른다는 생각에 주섬주섬 옷과 휴대전화를 챙겨 자리에서 일어나려는 찰나 간호사가 내 이름을 불렀다.

응급실 침대 배정을 받고도 의사를 만나기 위해 또 얼마간을 기다렸다. 주변을 둘러보자 다들 누군가가 곁에 있었다. 어린아이를 데리고 온 부모, 노모를 모시고 온 아들, 부인 혹은 남편과 함께 온 사람들. 그도 아니라면 친구들 사이에 둘러싸인 젊은 환자들. 혼자 온 사람은 나뿐이었다. 누나에게 연락할 수도 있었지만 매형도 조카들도 모두 자고 있을 터였고, 오밤중에 고작 라면 끓여 먹다 다쳤다는 걸 알면 한소리를 들을 게 분명했다. 별것도 아닌

데 뭐. 의사가 부풀어 오른 수포를 터뜨렸고 용암처럼 끈덕진 진물이 흘렀다.

응급실을 빠져나오자 허기가 몰려왔다. 병원 앞에서 택시를 부를까 하다가 생각보다 발이 괜찮아서 큰길까지 걸었다. 근처에서 뭐라도 먹고 들어갈 심산이었다. 거리에는 밤새 술을 마시고 취한 젊은 사람들이 있었고 마땅한 곳이 보이지 않았다. 사거리에 멈춰 있는 택시가 보여서 나는 택시에 올랐다.

“술 드시다가 다치셨나 봐요.”

택시기사가 붕대를 칭칭 감은 내 발을 보면서 오지랖을 부렸다. 사장에게 듣는 간섭처럼 느껴져 건성으로 답했다.

“아, 예.”

집으로 향하는 택시 안에서 인터넷을 켜보니 이미 독일과 스페인 경기는 끝났고, 포르투갈과 프랑스 경기가 한창이었다. 아직 양쪽 다 골은 하나도 없었다. 경기 라이브 채팅 창에 들어가보았다. 호날두와 페페에 대한 조롱과 비꼼이 난무했다. 1983년생 페페를 필드에서 뛰게 하는 건 노인 학대라는 둥, 호날두는 갱년기가 와서 맨날 처우는 거 아니냐는 둥, 나한테 하는 소리도 아닌데 가슴이 갑갑하고 이상한 기분이 들었다.

— 울더라도 현역에서 뛰는 게 어딥니까.

댓글을 달았다. 내가 단 댓글은 순식간에 밀려 올라가 없어졌다. 발은 더 이상 아프지 않은데 자꾸 어딘가 아픈 것만 같은 기분에 눈물이 날 것 같았다. 차창을 열었다. 바람이 불어와 눈이 따가웠다. 집으로 돌아오는 사이 경기는 추가 골 없이 연장전에 들어가 승부차기로 시시하게 끝났다. 택시에서 내리자 동이 트고 있었다.

경유지

전은서 | 대구에서 태어났다. 의과대학과 대학원을 졸업했다. 병원에서 일하며 소설을 쓴다. 읽고 쓰는 일이 자신의 삶에 도움이 되었듯 누군가에게 닿을 수 있는 이야기를 쓰고 싶다.

"예은 씨, 여기."

인천국제공항 출국장 G, F라인 사이에서 힘차게 팔을 흔드는 민경을 보고 숨이 턱 막혔다. 그와는 닮은 곳이 하나도 없어 보이는 탓이었다. 여리여리한 눈매, 뽀얀 피부에 잘게 잡힌 근육으로 PT숍의 얼굴이었던 상민과 딱 정반대의 인상이었다. 붉은 기가 감도는 탈색된 머리칼과 일자 앞머리, 부리부리한 눈매와 굵직한 선이 드러난 몸집은 둘이 남매가 맞는 건지 그리고 지금 우리가 향하고 있는 현실이 실제인지 의심하게 했다. 게다가 마치 집 앞 편의점에 나온 듯한 추리닝 차림과 목에 걸친 하얀 헤드폰, 샌들 사이로 드러난 화려한 큐빅 페디큐어는 나의 검은색 바지 정장 차림을 머쓱하게 만들었다.

"반가워요."

쉿소리 섞인 민경의 인사에 나도 모르게 허리를 굽히며 그녀가 내민 손을 잡았다.

상민과 민경의 어머니이자 나의 시어머니가 될 뻔한 분이었던 정숙 씨와는 이미 몇 차례 만난 적이 있다. 정숙 씨는 상민과 이미지가 똑 겹치는 편이었다. 곱상한 눈매와 하얀 피부, 조금 올라간 듯한 목소리, 쉽게 삐치는 듯한 태도까지.

며칠 전 들었던 정숙 씨의 목소리가 맴돌았다. 연락처에 그녀의 번호가 없었더라면 받지 않았을 전화였다. 거의 1년 만의 연락이었고, 김정숙이라는 이름과 그녀의 얼굴, 그리고 상민을 매치하기까지 꽤 시간이 걸렸다.

"내가 가야 하는데 지병 때문에 비행기를 못 타서……. 미안하지만 예은 씨가 같이 가주면 안 될까?"

처음엔 '왜 굳이 나에게'라는 생각이 들었다. 그녀는 분명 예전에 내게 "결혼한 사이도 아니지 않느냐"라고 하지 않았던가.

반찬이 많은 한정식집에서 정숙 씨를 처음 만났다. 나는 그녀와 상민을 마주 보고 앉았다. 의자가 없는 방이라

다리가 저렸고, 그녀는 내가 아니라 자신이 아들의 연인인 것처럼 호들갑스러웠다. 대화 중 상민이 내 쪽으로 관심을 기울이려고 하면 그녀가 질투라도 난 듯 예민하게 굴어서 차라리 상민이 나를 보지 않기를 바랄 지경이었다. 몇 번의 숨 막히는 식사 후 내가 쉽게 싸움을 포기한 데 비해서, 정숙 씨는 내가 그녀의 테스트를 통과했다는 듯 살갑게 굴어 당황스러웠다. 그녀가 뜬금없이 안부를 묻거나 좋은 글귀가 담긴 사진을 보낼 때면 어떻게 답을 해야 할지 심란했다.

그런데도 결국 그녀에게 설득되고 만 건, 상민이 비상연락처에 내 번호를 '와이프'라고 적어두었다는 것 때문이었다. 나는 몇 주 전부터 걸려오던 저장 안 된 번호의 연락이 그런 거라 상상도 하지 못했기에 받지 않은 데다 심지어 차단까지 했었다. 그 탓에 선사에서 다른 가족 연락처를 수소문해 결국 정숙 씨에게 닿기까지 오랜 시간이 걸렸다고 했다.

어떻게 받지 않을 수 있느냐고, 예은 씨가 그러면 안 되는 거 아니냐는 정숙 씨의 말에 나는 세게 흔들렸다. 정말 그러면 안 되는 게 맞는 것 같았다. 어쩌다 그가 거기 있었는지 너는 알지 않느냐는 말에는 알았어야 했다는 자책이 들었다. 가끔 꿈에 나와 짐을 싸던 그에게 제대로 묻고 싶었다. 어디로 가는 거냐고. 순식간에 그가 떠나고 1년간 마음고생했던 게 지난 일이 되었다. 때마침 학원 일을 그만두고 창업을 준비 중이라 갈 수 있어 다행이라는 마음마저 들었다.

통화 끝에 정숙 씨는 "너무 무서워서 그래. 그래도 예은 씨밖에 말할 데가 없어"라며 울어버렸고, 나는 그녀를 달래며 재차 가겠다고 말해버렸다.

막상 출국장에 서자 와락 두려워졌다. 내가 가는 게 맞나. 그는 대체 왜 내 이름을 비상연락처에 적어둔 것일까. 우리가 함께 살 때 서로를 와이프로, 남편으로 부르긴 했다. 그러나 상민과의 연락은 진작 끊어진 지 오래였다. 헤어지고 몇 차례 전화해보아서 안다. 낯선 이가 받고는 친절하게 알려주었다. "번호 바뀌었어요." 그와 다시 연락할 방법으로 인스타그램이 있었지만, 그것도 업데이트되지 않은 지 오래였다. 그의 인스타그램에 들어가 1년 전에 올라온 마지막 사진을 보았다. 커다란 배낭을 짊어지고, 모자를 눌러쓴 뒷모습이었다. 행여 실수로라도 '하트'를 누르지 않으려 애쓰며 수없이 본 사진이었다.

코로나19 이후 처음으로 비행기를 타는 게 이런 일일 줄은 몰랐는데. 신혼여행도 아니고, 독일 유학에 복귀하는 것도 아니고, 이런 일로 뉴질랜드라니. 〈반지의 제왕〉 촬영지라고 상민이 몇 번 말했던 게 생각났다. 우리의 신혼여행 후보지 중 상위권에 상민이 뉴질랜드를 몇 차례 올려놓았었다. 가지 못할 걸 알기에 자주 바뀌었던 후보지들이었다. 그는 늘 바다 건너편, 지구 반대편에 관심이 많았다. 로망이 이상한 방식으로 실현된 것일까. 그런 생각을 하니 속이 쓰렸다. 상민과 만나던 시절에 얻은 위염은 그가 떠나고 존재감이 더 뚜렷했다. 마음보다 몸이 아프다는 게 이상하게 느껴졌다. 그가 떠날 무렵 마음을 다 써버려서 그럴지도 몰랐다.

더 놀라운 건 그의 누나 민경의 태도였다. 그녀는 분주하게 면세점을 구경하더니, 방금 산 듯한 핸드크림을 뜯어서 손등에 바르고 있었다.

향이 좋아 무심결에 그녀의 손을 바라보았다. 그녀는 헤드폰 한쪽을 들며 나를 내려다보는 듯하더니 제 손등의

핸드크림을 내 손에 스윽 발라주고 다시 휴대전화를 들여다보았다. 나는 어색하게 웃으며 핸드크림을 펴 발랐다. 이 와중에 웃는 게 적절한가, 라는 생각을 하면서. 번지는 핸드크림 향 사이로 민경이 옅은 숨을 내쉬는 게 들렸다.

상민은 뉴질랜드에 있다고 했다. 아니, 뉴질랜드에 곧 도착한다고 했다. 1년 전 그가 떠날 때에는 상상하지 못한 결말이었다. 상민은 그가 탔던 남극크릴새우잡이 원양어선의 냉동고에 실려 뉴질랜드로 오고 있었다. 그는 죽은 것도 산 것도 아닌 상태였다. 정확하게 말하면 죽었다고 추정된 지 32일이 지났지만, 사망 선고를 받지 못한 채였다. 배가 뉴질랜드에 들러 보급 물자를 싣고, 기름을 주유할 때 그는 육지로 내려질 예정이었다.

*

출국장 창밖으로 보이는 뿌연 하늘과 줄지은 비행기들을 바라보며 이 모든 게 다른 세계에서 일어나는 일 같다고 생각했다. 나도 모르게 휴대전화를 들어 비행기와 하늘 사진을 찍고선 인스타그램을 열어 스토리를 올릴지 한참을 망설이다가 아차 싶어 내려놓았다. 알고리즘 탓인지 화사한 뉴질랜드 하늘을 배경으로 찍은 인스타그램 피드가 계속 올라왔다.

#뉴질랜드여행 #오클랜드 #웰링턴 #가족여행 #커플여행 #newzealand

여러 해시태그가 둥둥 떠다녔다. 방역이라거나 코로나19 같은 단어가 사라진 건 이미 오래였다.

상민과 나는 마스크를 쓰고 처음 만났다. 마스크를 쓰고 운동하는 건, 마스크를 쓰고 강의를 하는 것과 차원이 달랐다. 내가 일하던 학원 건물 지하에 그의 PT숍이 있었다. 우리는 서로의 학생으로 만났다. 규제가 많아 고객 한 명이 귀하던 시절이었다. 나는 독어독문학 전공이지만 영어 수업을 했고, 그마저 수업의 절반은 온라인으로 진행하느라 진땀을 뺐다. 오프라인과 달리 온라인에선 오디오가 비는 순간의 영향이 커서 학생들의 집중을 유지하는 데 더 많은 에너지가 필요했다. 시험을 대비하는 반들은 해당 분야의 채용이 줄어든 시기여서 학생들조차 전체적으로 의욕이 떨어져 있었다.

그나마 활기가 있었던 건 미래의 해외여행을 기대하며 수업에 참여한 오프라인 회화반이었다. 원래 회화반은 내 담당이 아니었으나 학원이 원어민 선생님을 유지하지 못하게 되면서 내 몫이 되었다. 세 명이 모이는 게 최대였던 시절임에도 불구하고 막연한 희망이 있었던 탓일까. 또는 모두 해외로 가지 못하는 공평한 상황이 오히려 용기를 주었던 것일까. 그곳의 사람들은 적극적이었다. 수업 중 나오는 나의 사소한 유학 생활 에피소드에도 까르르 웃어 주는 학생들이 내 유일한 소통 창구였다.

"왜 독일이었어요?"

상민이 나의 회화반 학생이었을 때 그렇게 물어본 적이 있었다. 나는 "허수경 시인을 좋아해서"라고 답했고 상민이 "그러면 선생님도 고고학을 전공하셨나요?"라고 되물어, 그가 시인을 안다는 데 놀랐다. 나는 그런 그에게 눈을 빛내며 대답했던 것 같다.

"아니요. 사실은 고등학생 때 독일은 학비가 공짜라는 말을 어디에선가 주워들었어요. 집에서 벗어나 멀리 가고 싶었거든요. 그때 마침 허수경 시인과 독일 문학에 빠져 있었고요. 독어독문학 전공이에요, 아쉽게도."

그날의 첫 눈 맞춤은 아직도 반짝거리는 기억으로 남아 있다.

코로나19로 멈춘 세상 때문에 나는 가족들에게도 알리지 않고 떠밀리듯 돌아왔다. 영원히 그곳에 또는 적어도 타지에 뿌리내릴 거라며 뒤도 돌아보지 않고 유학을 떠났으나, 결국 돌아와 나는 한국인이라는 확인만 했다. 독일의 학비가 공짜라고 생활비까지 공짜는 아니었다. 코로나19 시절 학교도 상가도 텅 비자 유학생을 아르바이트생으로 받아주는 곳은 아무 데도 없었다.

돌아오니 편했다. 애초에 떠날 마음이 없었던 게 아닌가 싶을 정도였다. 넓은 세상이 보고 싶었던 게 아니라 그냥 집에서 벗어나고 싶었던 거라고 그때쯤 눈치챘던 것 같다. 아주 얄팍한 핑계라도 생기면 한국에 주저앉고 싶었다. 스스로를 밥 먹이고 독려하느라 버거웠던 유학 생활 대신, 말이며 음식이며 문화가 익숙하게 몸에 흐르고 있는 한국이 이렇게 좋은지 새삼 알게 되었으니까. 아니 그땐 정확히 깨닫지 못했다. 한국이 아니라 상민과의 대화가 좋은 거라고 믿었다. 팬데믹 덕에 그를 만나게 되었다고, 여기에 발을 디디면 되겠다고 덜컥 믿기로 했다. 오래 꿈꿨던 시간에 비해 너무 쉽게 포기해버린 독일 유학을 나약한 내 마음 때문이 아니라, 그와의 사랑 탓이라 핑계 삼았다. 코로나19로 돌아온 많은 이 중 나만 그런 것도 아니었기에 그저 그게 운명이려니 했다.

*

열 시간 넘게 야간 비행기를 타고 도착한 오클랜드에서 다시 국내선으로 갈아타고 뉴질랜드의 수도 웰링턴까지 날아가는 동안 나는 민경과 거의 대화를 나누지 않았다. 밤 비행기라 눈을 감고 자는 척할 수 있었고, 이어폰이 있어 다행이라 생각했다. 몸을 그녀의 반대쪽으로 기울인 탓에 허리가 뻐근하고 어깨가 딱딱하게 굳었다. 어쩌면 숙소에서 한방을 쓸지도 모른다는 걱정은 안타깝게도 들어맞았다. 그렇다고 호텔 프런트에서 다른 방을 더 달라는 말은 차마 나오지 않았다. 침대가 두 개인 게 그나마 다행이었다. 샤워실에서 그녀가 바닥에 남긴 붉은색 머리칼을 물로 흘려보내며, 적어도 오늘 이곳엔 가족의 형태로 왔으니까 이게 맞을지도 모르겠다고 생각했다. 그녀도 그랬을까.

편한 옷으로 갈아입고 픽업해 온 샌드위치를 나눠 먹었을 때 민경이 내게 물었다.

"상민이보다 한 살 위라고, 그럼 89?"

"네."

"어머, 저도 89예요. 친구네요."

"'빠른'이긴 한데."

반말을 쓰는 어색한 상황만은 막겠다는 생각에 나는 재빠르게 대꾸했다. 그러건 말건 민경은 대화를 이어갔다.

"상민이한테 빚이 좀 있었대요."

때마침 창밖으로 해가 지고 있어서 그녀를 쳐다보는데 눈이 부셨다. 미세먼지가 없는 곳이어서 볕이 눈동자를 직선으로 뚫고 지나가는 기분이었다.

나는 머릿속이 멍해진 채로 "알고 있었어요"라고 답했다. 그녀는 약간 놀라는 눈치였다. 얼마 후 그녀의 휴대전화가 진동했고, 그녀는 답장하는 듯 화면을 두드렸다.

민경은 설마 빚 때문에 상민이 배를 탔다고 생각하는

걸까? 세계여행을 가겠다고 해놓고선, 빚을 갚으려고? 그건 차마 아니라고 믿고 싶었다.

혹시 우리가 결혼에 이르지 못한 걸 빚 때문이었다고 대신 변명이라도 하는 걸까?

당연히 빚이 있다는 걸 모르지 않았다. 같이 집을 구하러 다닐 때 이미 알게 된 사실이었다. 혼인신고를 미뤘던 이유 중 하나기도 했고. 그러나 그게 다는 아니었다. 나 역시 빚만 없을 뿐 형편은 비슷했으니까. 유학생이라기엔 독일에서 어학원을 다니다 석사과정을 시작하자마자 돌아온 거라 사실 최종 학력은 비인기 전공의 학사였고, 다시 유학 갈 학비를 벌기 위해 바둥거리는 처지였다. 게다가 연락을 끊다시피 한 부모님에게 결혼이라는 절차를 알리고 싶지 않았다. 그러므로 공식화되길 피한 쪽은 나였다.

게다가 같이 살며 줄어드는 설렘에 반비례해서 현실의 무게가 점점 커졌다. 같은 공간에서도 우리의 시간은 엇갈렸다. 몇 개월 만에 결혼 준비라는 과정은 순위에서 점차 미뤄졌다. 코로나19라는 특수 상황이 있었고, 시기 탓을 하며 '결혼 예정'인 상태로 남을 수 있었다. 애매한 동

거의 끝이 언제인지 확신할 수 없을 뿐이었다.

그래서였을까.

코로나19가 저물어갈 무렵 그가 PT숍을 정리하고 세계여행을 가겠다고 했을 때 '같이?'라고 차마 묻지 못했다. 그도 내게 함께 갈 거냐고 묻지 않았다. 원래부터 혼자 갈 작정이었던 사람처럼 굴었다.

그렇게 쉽게 끊어질 수 있는 게 우리 사이였다. 코로나19로 독일에서 튕겨 나올 때 그 나라의 이방인이었다는 걸 확인한 것처럼, 그가 떠날 때 나는 그에게 아무것도 아니었다는 게 실감이 났다.

"상민이가 친동생은 아니에요."

한참 휴대전화를 빠르게 두드리던 그녀는 툭 하고 이야기를 꺼냈다. 대체 나와 무슨 이야기를 하고 싶은 것일까.

"알고 있었어요."

잠깐 잊고 있었지만요, 라고 덧붙이려다 말았다. 가끔 그는 독립해서 다른 지역에 사는 누나 이야기를 했었다. 상민의 어머니와 결혼한 새아버지의 딸이라고 하면서 자신과 성격이 다르다고도 했었다. 완전 장군감이라고 했던 게 기억났다. 그래서인지 그녀는 꽤 덤덤해 보였다. 그녀의 눈에도 내가 그렇게 보일까. 별로 슬퍼 보이지 않는 여자. 동생과 헤어진, 아니 공식적으로는 헤어진 적도 없는, 결혼할 뻔했던 여자. 한때 같이 살았던 사이.

"PT숍에서 있었던 일도 아시죠?"

또 민경의 휴대전화가 진동했고, 나는 대답 없이 넘어갔다. 그녀가 말하는 게 무언지 대략 짐작은 갔지만 그게 확실한지 그리고 그걸 아는 게 지금 필요한지 알 수 없었다. 그가 떠나고 학원의 다른 강사로부터 PT숍에 대한 비방 글과 민원에 대해 전해 들었다. 그것 때문에 동업자랑 틀어졌다는 것도.

그가 자주 짜증을 부리던 시기에 그 일이 있었던 걸까. 정작 그때 나는 묻지 못했다. 그는 집 밖에서보다 안에서 말이 없는 사람이었다. 집에선 쉬고 싶다고 했다. 기분에 관해 물을라치면 그는 늘 말했다. 고통은 나누면 두 배가 된다고. 해결해줄 수 없는 걸 이야기해서 뭐 하겠느냐고. 반면에 내가 시시콜콜 어려움을 이야기할 때 그는 해결책을 제시하려 애썼고, 답이 나오지 않는 문제는 끙끙거렸다. 그러다 보니 두 명이 곤란해지는 것보다 차라리 혼자 앓는 편이 낫다는 데 나 역시 동의하게 되었다. 혼자 내버려두면 저절로 괜찮아지기도 한다는 걸 알게 되기도 했고.

고통을 두 배로 만들지 않기 위한 삶의 태도였을 거라 믿고 싶었다. 그러나 믿고 싶은 것과 별개로 어쩔 수 없이 자신에게 계속해서 물어보게 된다.

정말 너는 몰랐니. 아니면 모르고 싶었니.

그런 생각을 하자 못 견디게 외로워졌고, 그가 보고 싶어졌다.

혹시 민경은 알까. 어쩌다가 상민이 여기 와 있는지. 정말 묻고 싶었던 질문을 꺼낼까 망설이다 민경이 휴대전화로 다시 무언가를 하는 사이, 나는 살 것이 있다며 호텔 밖으로 나섰다.

도시라고 부르기에, 게다가 수도라는 이름을 붙이기에 웰링턴은 꽤 한적한 곳이었다. 4월은 남반구의 가을이라지만 온풍이 불어 오히려 한국보다 봄날 같았다. 이렇게 따뜻한 곳이 남극과 가까운 곳이라니. 어디까지 빙하와 얼음이 있는 곳이고, 어디서부터 훈풍이 부는 건지 가늠이 되지 않았다. 그는 어디쯤 와 있을까. 어쩌면 이미 도착해 있을지도 모른다. 그런 것도 물어보지 않았다는 생각에 갑갑해졌다.

짭짤하고 따뜻한 바람이 불어왔다. 이리로 더 가면 바닷가가 나오려나. 이 도시에선 밤에 다니는 일이 그렇게 위험하지 않다고 했던 것 같은데. 어쨌건 길은 참 깨끗하고 사람이 없었다. 숨을 깊이 들이쉬었다가 내쉴 때 턱 하고 마음이 내려앉았다.

같이 살 때 이런 공기를 함께 마셔본 적이 있었나.

주택가와 문을 닫은 상가 골목을 지나, 항구 근처의 바에 이르자 노란 불빛이 아른거렸다. 찰칵하고 휴대전화로 사진을 찍었다. 불빛에 흔들리는 바다를 쳐다보는데, 사람들의 소리와 익숙한 노랫말이 들렸다. 제목이 뭐였더라. 나도 모르게 마음이 내려앉았다.

We're just ordinary people(우리는 단지 보통 사람들이야). We don't know which way to go(우리가 어디로 가야 할지 모르지).

상민이 자주 듣던 음악이었다. 우린 단지 보통의 사람들이라고 위로하듯 이야기하는 존 레전드의 노래.

둥그렇게 항구를 둘러싼 덱 위를 걸으며 한참 바다를 바라보았다. 멀리 줄지은 불빛에 어스름하게 배들의 그림자가 일렁였다. 여객을 실은 크루즈나 뉴질랜드의 남섬과 북섬을 잇는 페리들이 오간다는 웰링턴의 항구는 필터로 보정한 사진처럼 단정했다.

어느 날 무작정 바다를 보겠다며 상민과 갔던 서해안이 생각났다. 막상 도착했을 때 한없이 트인 바다가 아니라 쇠락한 상점들이 가득했던 부둣가에서 우리는 오래도록 서로를 끌어안고 있었다. 뒤엉킨 그물이 빛바랜 어선을 감고 있었고, 거품 섞인 검은 바닷물엔 페트병과 스티로폼이 떠다녔다. 생선 썩는 냄새가 코를 찔러 명소라기보다는 생활의 현장인 게 분명했다. 유명하다는 항구의 등대 앞에서 사진을 찍고 보정 앱으로 각종 선이며, 쓰레기 같은 애매한 배경을 최대한 지우고 음악을 넣어 스토리에 올렸었다. 실상은 거품 나는 검은 물이 철썩거리던 소리, 사람을 삼킬 것 같은 비릿한 냄새가 소스라치게 두려웠는데도.

그런데 보정이 필요 없는 곳도 있었네. 불어오는 바람에 머리칼을 매만지며 현실 같지 않다는 생각을 했다.

그는 어쩌면 또 다른 나를 보고 있었을지 모른다고 이제야 생각한다. 내가 그에게서 한국에 눌러앉을 이유를 찾았던 것처럼, 그는 내게서 당시 내가 가졌던 다른 나라의 냄새 같은 것, 한국에 집이 없는 것처럼 행동하는 사람의 빈 곳 같은 것을 좋아했을지도 모르겠다고.

결국, 우리는 각자의 환상이 만든 서로였을 뿐인가.

우리에게 오직 행복하기만 했던, 설레기만 했던 그런 순간이 있었던가. 그도 나도 그림자가 반쯤 드리운 채 서로에게 기대었다는 걸 모르지 않았다. 그의 어깨가 따뜻했던가. 부둣가에 앉아서 덧옷을 감싸 덮었다. 랜드마크인 'WELLINGTON'이란 글자를 배경으로 사진 찍는 연인들을 한참 쳐다보다가 사람들이 사라졌을 때 바다와 함께 사진을 찍고, 인스타그램에 올릴까 하다가 다른 이의 소식을 한참 보았다. 어느 인플루언서의 오늘 자 인스타툰에 하트를 누르려다가 넘겼다. 상민과 헤어질 때 위로가 되었던 인스타툰이었다. 지금 제 심정이 이래요, 하고 달았던 댓글에 붙은 하트 숫자와 위로의 메시지가 잠시나마 기댈 곳이 되었다. 나 같은 사람이 많았다. 팬데믹과 함께 시작되고 끝난 사랑 이야기가 한둘이 아니라는 게 작은 위로가 되었다. 그러나 오늘은 차마 그런 이야기를 보고 싶지 않았다. 한참 동안 휴대전화를 만지작거리다가 숙이고 있던 목이 아파서 호텔로 돌아왔다. 민경이 잠들었기를 바라며.

*

다음 날 아침 10시까지 병원 안치실로 가기 위해 민경과 나는 말없이 준비했다. 밤잠을 거의 설친 상태였다. 민경의 휴대전화는 밤새도록 끊임없이 진동과 불빛이 번쩍였다. 그녀는 곤히 자는 것 같았다. 연락이 왔다고 몇 번 말해주었지만 대꾸가 없었다. 진동 소리와 불빛에 깰 때마다 인스타그램 피드를 뒤적였다. 친구들의 소식은 새로운 것이 없고 뉴질랜드 관련 피드가 이어졌다. 그가 뉴질랜드에 관해 이야기했던 게 더 생각났다. 매년 1월 1일에 해가 가장 빨리 뜨는 곳이 여기라고 했다. 새해가 가장 먼저 시작된다고. 또 뭐라고 했더라. 눈이 보이지 않는 키위새가 뉴질랜드의 상징이라는 이야기도 했다. 밤에 활동하므로 만나기는 쉽지 않다고. 공기가 맑고 외래종 통제를 철저하게 한다고도 했다. 맞아, 공항에 'Pure100 뉴질랜드'라는 문구가 곳곳에 붙어 있었지. 청정한 곳 뉴질랜드. 〈반지의 제왕〉 촬영지를 꼭 가보고 싶다고 했었는데, 혹시 갔을까. 가지 못했을 것 같아 마음이 쓰렸다. 아니면 끝없는 바다에서 해가 솟아오르는 걸 보았을까? 그것도 그가 늘 바라던 것이었다.

뉴질랜드 피드를 몇 번 넘기자 여행으로, 다이어트로, 원피스로 피드가 이어졌다. 인스타그램 속 쨍한 사진들을 수없이 넘기다 집에 도착해 있을 택배 생각이 났다. 누군가는 차갑게 누워 있는데 택배 걱정이나 하는 게 한심했다. 그렇게 휴대전화 불빛에 의존한 밤이 지났다.

상민이 도착했다는 병원은 걸어서 20분 거리에 있었다. 곧 비라도 내릴 듯 습기를 머금은 묵직한 바람이 불었다. 그곳으로 가는 걸음마다 속으로 주문을 외웠다. 어렸을 적 정말 싫어하던 기도문이었다. 언제 나에게 이렇게 파고들어 있었던 걸까. 상민을 마주하기 너무 두려워서였을까. 두근대는 심장박동과 비슷한 리듬으로 나도 모르게 기도문을 속으로 중얼거리고 있었다. 그저 이 심장이 멎지 않기를, 그리고 상민이 평안하기를 바랐던 것 같다.

엄마가 그 종교에 빠진 게 아빠와의 갈등 탓이었는지, 종교에 빠져서 아빠와 갈등이 생긴 것인지는 확실하지 않다. 다만 그곳의 교육들과 캠프, 단체 생활에서 느꼈던 이질적인 기분을 기억한다. 엄마는 기도하며 온몸을 흔들면서 울었고, 나는 엄마가 아닌 낯선 생물을 보는 기분으로 그 모습을 쳐다보다가 캠프 교사로부터 집중하라며 주의를 받았다. 아무리 따라서 기도를 해도 내게는 엄마 같은 순간이 오지 않았고 점점 나와 다르게만 느껴지는 엄마를 멀리하게 되었다.

지긋지긋할 정도로 모든 종교 행사에 다니는 엄마와 어지러운 집 안 꼴 좀 보라며 화부터 내는 아빠 사이에서 지쳐가던 어느 날 나는 엄마에게 물었다.

"그냥 우리 딴 집처럼 평범하게 살면 안 돼? 아니면 적어도 친구들이 다니는, 그런 종교에 다니면 안 돼? 친구들이 엄마가 이상한 데 빠졌대! 우리 집이 사이비래!"

끝내 올리고 싶지 않은 단어를 내뱉었는데도, 엄마는 대답이나 설명 대신 나를 노려보고는 기도에 더 열중했다. 그때 집을 떠나야겠다고, 어떻게든 방법을 찾아야겠다고 생각했던 것 같다.

그러나 나는 지금 그곳의 기도문을 외우고 있었다. 이거라도 붙들어야 할 것 같았다. 병원으로 가는 내내 몸이 계속 부르르 떨렸다. 병원 입구에서 원양어선 관계자가 나와 민경을 맞았다. 나도 모르게 고개를 숙이고 악수를 했다. 관계자가 뭐라고 형식적인 이야기를 하는데 내용이 귀에 들어오지 않았다. 어느 순간 관계자는 좀 더 큰 소리로 말했다.

"한국인 선원이 거의 없어서 이렇게 시신을 양도하는 게 저희도 처음이라서요. 다른 국적 선원들은 인계까지 원하지 않는 경우가 많아서."

심장박동 소리에 맞춰 마음속에서 주문이 점점 커졌다. 처음이라서요, 라는 말이 계속 맴돌았다. 너와 처음이었던 것들, 처음일 수 없었던 것들을 떠올렸다.

상민에게 나의 부모님에 관해 이야기하고 싶었다. 내가 얼마나 별로인지 가장 밑바닥을 이야기하고 싶었다. 엄마를 한심스럽게 보다가도 그 단체에서 결국엔 나름 리더십을 뽐내고 사람들과 어울렸던 순간을 뿌듯해했던 것에 대해서. 내가 인도하여 그곳에서 아직도 활동하는 친구에게 가진 죄책감에 대해서. 행여 상민도 그 단체에 들어가야 한다고 엄마가 주장할까 봐 아빠밖에 소개해주지 못한 것도 이야기하고 싶었다. 그랬으면 혹시 달라졌을까? 아니면 고통이 두 배가 되었을까?

참 이기적이야.

어쩌면 그 집을 벗어나 상민과 평범한 가족이 되고 싶었을지도 모른다는 걸 깨달았다.

안치실이 있는 병원 건물로 들어서자 순간 어지러워 벽을 짚어야 했다. 관계자는 부검을 끝마친 상태니 안심하라 했지만, 그게 어떻게 안심이 되는 건지 알 수 없었다. 나는 마음속 기도문에 맞춰 호흡을 들이쉬며 차가워진 손을 주물럭거렸다. 그곳에 있는 사람들도 응당 그래야 하는 것처럼 말수가 없어 통로의 발걸음 소리가 크게 울렸다. 그와 비례해서 마음속으로 주문을 외우는 소리도 점점 커졌다.

안치실에서 얼어 있는 그를 확인했다. 얼굴과 어깨가 모포 밖으로 드러나 있었다. 그는 눈을 감고 있었다. 꿈이라도 꾸는 것처럼 왼쪽 눈썹을 살짝 찡그린 채였다. 갑자기 민경이 오열하기 시작했다. 나는 눈물은커녕 전신이 꽁꽁 얼어붙는 기분이었다. 그의 왼쪽 눈썹 근처까지 손을 뻗었다가 눈가에 닿자마자 바로 거둬들였다. 촉감이 너무 생소했다.

그날 밤 민경과 나는 잠들지 못했다. 민경이 흐느끼는 소리가 등 뒤에서 들렸다. 심장이 쪼그라들다 못해 아팠다. 눈을 깜빡일 때마다 천장이 빙글빙글 돌았다. 머리카락과 베개가 젖어 엉겨 붙었다. 눈을 똑바로 뜨고 그의 모습을 떠올려보려 했다. 찡그린 눈썹과 추워 보였던 어깨가 떠올랐다. 왜 그의 손을 잡지 않았니. 모포 아래에 놓여 있었을 손을 상상했다. 그래도 손을 잡아줬어야지. 그의 손을 잡지 못한 것이 미안했다. 미안해. 미안해. 미안해. 나는 끊임없이 주문을 외웠다. 주문과 함께 심장이 바닥으로 빨려 들어가는 것 같았다. 밤이 길게 이어지다가 완전히 멈춘 듯했을 때 서서히 날이 밝아졌다.

몇 개의 서류와 함께 민경과 나, 그리고 상민은 한국으로 돌아왔다. 돌아오는 길에도 오클랜드에서 비행기를 갈아타야 했다. 상민도 경유를 해야 한다는 게 당혹스러웠다. 더 편한 길이 없는지 알아보았지만 다른 방법이 없었다. 경유지에서 다음 비행기를 기다리며 이상한 방식으로 한 공간에 있는 지금에 대해 생각했다. 그리고 그와 내가 겹쳐졌던 시공간에 대해 곱씹었다. 함께 디뎠던 그곳은 이제 없다. 그런데도 그가 나를 떠날 때 "다녀올게"라고 했던 것 같다는 착각이 자꾸만 들었다.

*

장례식엔 드물게 사람들이 찾아왔다. 사람들은 조문한 뒤 식사하고 떠났다. 그의 대학 동창들이 와서 그가 학교에서 어땠는지 이야기하고 갔다. 말수 적고 순한 줄 알았는데, 취해서 선배한테 소리 지르고 가방을 던졌던 사건에 대해서 한참을 웃고 떠들었다. 어렸을 적의 친구들은 그가 작은 덩치에 운동을 그렇게 못했는데 트레이너가 되었다고 놀라며 떠났다. 그의 전 직장 동료들은 PT숍의 경기에 대해 그리고 진상 회원들과의 에피소드에 대해 중얼거렸다. 안되었다고들 하면서. 해병대를 나와서 바다로

갔나 보다는 사람도 있었다. 운동을 업으로 했는데 심장이 약할 줄 몰랐다며 안타까워하는 이도 있었다. 그의 사인은 신장, 그러니까 콩팥의 문제였지만 심장으로 와전된 모양이었다.

사람들이 기억하는 그의 모습은 제각각이었다.

다만 누구도 그가 왜 그곳에 있어야 했는지 모르는 것 같았다. 어쩌면 알아야 한다고 생각하지도 않는 것일지 몰랐다. 다소 이른 지인의 죽음을 낯설어할 뿐이었다.

장례식장 입구에 유달리 큰 화환이 놓이고, 원양어선 선사의 대표라는 사람이 찾아와 봉투와 함께 위로를 건네며 "그러게, 이렇게 힘든 일 마다치 않는 젊은이가 귀한데"라고 했을 때 행여 상민의 이야기를 들을 수 있을까 기다렸다. 그러나 몇 톤급 어선의 규모와 몇 개월간 망망대해에 떠 있는 기분, 우리나라 젊은이들의 잘못된 마음가짐 등에 대해 대표가 떠들어대는 동안, 그들에게 상민은 드물어서 아쉬운 한국인 선원이었다는 것만 확인할 수 있었다. 대표는 상민의 얼굴을 본 적도 없었고, 심지어 이름조차 다르게 부르곤 했다.

꿋꿋이 그 자리를 지키는 내 마음을 나도 정확하게 알 수 없었다. 그냥 그 자리에라도 있어주고 싶었다. 안치실에서 손도 잡아주지 못한 게 내내 마음에 걸렸다. 정숙 씨는 내가 거기 있는 걸 당연하게 여겼다. 가족들이 쉬는 골방에 오그리고 앉아 자신의 무너진 마음을 이해해줄 사람은 나밖에 없는 것처럼 기대오곤 했다. 정숙 씨의 남편은 미안한 표정을 지으며 퇴근할 때 간식을 사다 주었다. 민경은 며칠 밤을 같이 보내서인지 친구처럼 굴었다. 그런 것도 같아, 그냥 그런 채 있었다. 민경의 휴대전화가 자주 울리던 이유가 온라인 판매업을 하고 있기 때문이라는 것도 알게 되었다. 직장을 다니다가 그만두고 캐릭터 인형을 주문받아 제작한다고. 뉴질랜드에 갈 때 미처 부재 공지를 하지 못해서 비행기 타기 직전까지 작업하느라 정신이 없었단다. 가정의 달인 5월은 극성수기라면서 캐릭터 인형을 만드는 과정을 보여주는 그녀의 눈빛에는 자부심이 묻어 있었다. 민경은 상민의 첫인상을 이야기하다가 자신의 사춘기 시절 이야기로 자주 넘어가곤 했다. 중학교 때 처음 만나 데면데면했던 상민과 친해지게 된 계기가 서로의 첫사랑 때문이라는 걸 이야기하는 동안 그녀의 얼굴에는 잠시 생기가 돌았다. 그녀는 상민의 친구와, 상민은 그녀의 친구와 연애를 했었다. 둘 다 학원을 빠지고 데이트하다가 딱 마주친 이후 서로 비밀을 지켜주는 사이가 되었다고 했다. 그녀가 상민의 연애사를 이야기할 때마다 흥미가 솟으면서도 조마조마했다. 나 말고 허수경을 좋아했던 누군가와 만난 적이 있다는 건 차라리 몰랐으면 했다. 나도 상민과 어떻게 만나게 되었는지를 몇 차례 반복해서 이야기했다. 상민이 말했을 나와의 만남 이야기도 민경을 통해 들을 수 있었다. 그가 나를 길쭉하고 말랑한 영어 선생님이라 묘사했다기에 약간 화가 났다가 진지하게 결혼 상담까지 했다기에 마음이 풀렸다. 이야기할수록 어떤 일에 대해서 진짜 일어난 일이 맞는지 의심하게 되었다. 나의 기억 속 상민과 실제의 상민이 같은 사람인지 점점 더 헷갈렸다. 정숙 씨는 상민이 태어났을 때 이야기를 자주 했다. 내가 그의 친아버지에 대해 궁금해한다고 생각했는지 상민이 어릴 때 헤어지고 연락이 끊긴 지 오래라 아들 장례식을 알리지 못했다는 이야기도 했다. 그래서 내가 가끔 상민이 친아버지와 연락하는 것 같더라는 이야기를 전하자, 정숙 씨와 민경은 놀라는 표정을 지었다. 특히 정숙 씨는 마치 상민이 자신의 눈앞에서 배신이라도 한 것처럼 벌컥 화를 내어 괜히 이야기를 했나 싶을 정도였다. 고통은 나누면 두 배가 된다며, 어려움을 굳이 털어놓지 않던 상민이 떠올라서 퍽 울적해졌다. 어쩌면 그가 할 수 있는 최대치의 속마음을 내게 보여줬을지도 모른다는 게 가슴 아팠다.

발인이 끝나고 민경으로부터 상민의 휴대전화를 전해 받았다. 누구도 비밀번호를 모른다면서. 민경이 휴대전화를 서비스센터에 가져갔더니, 유품이라도 개인정보보호법 때문에 잠금 상태를 풀어줄 수 없고, 포맷만 가능하다는 이야기를 들었다고 했다. 포맷이라니. 그럴 수는 없지 않느냐고.

*

"혹시 확인해봤어요?"

점심시간 산책 중 민경의 전화를 받았다. 아직, 이라는 말 대신 바빴다고만 답했다. 그의 휴대전화는 충전되지 않은 채 테이블에 놓여 있었다. 나는 그의 휴대전화를 열어보고 싶은지 아닌지도 알 수 없었다. 그동안 시간이 한 달 넘게 흘러 뜨거운 볕이 손등으로 내리쬐었다.

네 번의 시도 만에 잠금 패턴을 풀 수 있었다. 평소에 그는 잠금을 해두긴 했지만 패턴은 늘 단순한 편이었다. 'ㄱ' 아니면 'ㄴ' 아니면 'N' 자. '뒤집힌 N' 자에서 휴대전화의 잠금 상태가 풀렸다.

서비스 지역이 아닙니다.

휴대전화는 정지되어 있었다. 마지막 문자메시지는 1년 전의 것이었다. 그의 어머니가 보낸 메시지였다. 카카오톡에는 그가 자신에게 보낸 몇 개의 링크가 있었고, 나는 오래전에 지워버린 우리의 대화가 그대로 남아 있었다. 헤어지기 전 우리가 주고받았던 메시지는 대부분이 일상 안부였다.

— 오늘 늦어.

— 응, 몇 시쯤?

— 가스 검침 온대.

— 택배 들여놨어.

— 밥 먹었어?

— 알아서 할게.

나는 화면을 아래로, 아래로 내려보았다.

처음 사귀기 시작할 때의 간지러운 메시지들이 있었다. 흠, 그래, 이럴 때도 있었지. 그와 헤어지고 완전히 잊어버린 장면들이었다. 첨부된 사진들은 기간 만료로 보이지 않았다. 그냥 우리도 보통의 연애를 했었구나. 이상하게 안심이 되었다. 좋아한다고 사랑한다고 하면서. 보고 싶다고 애교를 부리고, 서로 뭐 하는지 궁금해하면서. 나는 다른 이들의 연애를 보듯 메시지를 읽어 내려갔다.

— 집 다 왔어.

— 와이프^^ 사랑해.

— 잘 들어가. 벌써 보고 싶다.

— 여기 집 앞 놀이터야.

같이 살던 시절과 연애 초반을 거슬러 지나자 어느새

메시지는 존댓말로 바뀌어 있었다.

— 같이 걸어갈까요? 기다리고 있을게요.

— 오늘 달이 정말 예뻐요.

— 이제 저는 수업 끝!

메시지는 '선생님, 식사하셨어요?'에서 끝났다. 눈물이 무릎에 떨어져 바지가 축축했다. 코를 풀다가 머릿속이 멍해져 휴대전화를 내려놓았다. 끅끅거리며 한참을 울었다.

며칠이 지나서야 그의 다른 기록을 살펴보았다. 그는 매일 조금씩 일기를 쓰고 있었다. 일기라기보다 기록에 가까웠지만. 날씨, 오늘 한 일, 먹은 것, 이런 것들 몇 줄 사이에 간혹 기분이 짤막하게 적혀 있기도 했다.

피곤했다. 짜증 났다. 좋았다. 놀라웠다. 지루했다. 후회된다. 한국말이 들리지 않는 곳이라서 좋다. 이야기 나누고 싶다. 부산 출발. 날씨 화창. 망망대해. 돌고래 목격. 드디어 적도 통과!!! 생애 첫 적도!!! 남반구! 남십자성과 별이 쏟아지는 날. 드디어 지구 반대편에 왔다!!

느낌표가 여러 개인 메모를 한참 쳐다보았다. 적도 통과!!! 생애 첫 적도!!! 드디어 지구 반대편에 왔다!!

적도를 통과할 때 나타나는 기현상에 대해 상민과 다큐멘터리를 본 게 생각났다. 뭐가 신기하다고 했더라. 해류였나 물이 내려가는 방향이었나 내용은 기억나지 않았다. 평상시와 달리 흥분했던 그의 목소리가 들리는 것 같았다. "세상엔 정말 신기한 게 많아!"

그때 웬일로 목소리가 컸었지.

그의 사진첩엔 만 개가 넘는 사진들이 있었다. 두 달 전 마지막으로 찍은 사진엔 조업하는 사람들이 담겼다. 그물을 펼치고 수선하는 이들의 사진이었다. 대부분이 동남아시아 계통 사람으로 짐작되었다. 윤슬이 가득한 바다 사진, 검은 바다에 달이 비치는 사진, 바다에 빙하가 반쯤 떠 있는 사진과 추위 탓인지 아니면 햇볕 탓인지 바라클라바로 얼굴을 거의 다 가리고 찍은 셀카도 있었다. 밖으로 드러난 눈동자만이 사진을 뚫고 나올 듯 선명했다.

한동안 갤러리를 살펴보다 어떤 여자 사진이 있어 들여다보았다. 카페에서 책을 읽고 있는 여자의 뒷모습이었다. 마침 창으로 햇살이 내리쬐어 그림자가 졌다. 연속 촬영을 했는지 비슷한 사진이 이어지는 동안 빛의 방향만 조금씩 바뀌었다.

누굴까? 우리가 헤어진 다른 이유가 있었나, 하고 마음이 내려앉았다.

사진 찍은 날을 확인해보다가 놀랐다. 그건 나도 모르는 내 사진이었다. 자세히 보니 사진 중에 슬쩍 뒤를 돌아보는 내 옆모습이 있었다. 언제였지? 상민이 나를 불렀던 걸까?

혹시나 또 그런 사진이 있나 찾아보려 한참을 뒤지다가 어떤 남자의 얼굴에서 멈췄다. 케이크와 촛불 앞에 어색하게 앉은 남자는 상민과 이목구비가 닮아 있었다. 바라클라바 밖으로 튀어나올 듯 빛나던 그의 눈동자처럼, 허름한 차림에 주름 많은 남자의 눈빛도 휘황했다. 오래 떨어져 있었어도 분위기는 참 닮았구나, 하고 나도 모르게 중얼거렸다.

갤러리엔 그가 일상을 찍은 사진들이 이어졌다. 인스타그램에는 올라온 적 없는 사진들. 주로 빛으로 주위가 흐려진 사진들이었다.

간간이 내 모습을 발견할 때마다 마음이 쿵 했다.

캡처된 화면 사진엔 누군가 그에게 퍼부은 악담이 있었다. 인스타그램의 DM이 열 개가 넘게 와 있는 화면 사진이었다. 문제의 그 PT숍 손님이었다. 그녀는 상민이 자신에게 계속 추근거렸다고 주장했다. 그녀에게 몇 차례 아니라고 해명한 다음에 상민은 대꾸하지 않았다. 상민의 무반응에도 그녀의 DM은 계속되었고 욕설의 수위는 점점 높아졌다. 읽는 내내 화가 나서 싹 다 지워버리고 싶었다.

어떤 것이 상민의 진짜 모습이었을까?

내가 만났던 그의 모습과 정숙, 민경, 장례식에 조문하러 온 이들이 기억하는 모습 그리고 그의 휴대전화에 저장된 모습. 모든 걸 합쳐도 그라는 사람의 외형조차 만들지 못할 것 같았다.

그가 보던 유튜브 영상을 훑어보고, 듣던 음악을 들어보았다. 그가 찍은 사진을 여러 번 돌려보았다. 그의 사진 속 내 모습이 다른 여자처럼 보였다. 햇살을 쬐듯 사랑을 흠뻑 받는 어떤 사람. 그가 아는 나의 모습은 이런 것일까?

문득 그게 진짜가 아니라도 상관없을 것 같다는 생각이 들었다. 그 시간 우리는 함께 있었다. 비록 서로를 경유하고 다른 곳으로 나아갔다 하더라도, 서로가 잠시 기대어 쉴 수 있는 작은 땅이었다는 건 틀림없었다.

민경에게 그의 휴대전화에 있던 사진을 전송했다. 끝없는 바다에서 해가 떠오르는 사진이었다. 그냥 이 기분을 나누고 싶었다. 그녀에게 전화를 걸어 이야기를 시작했다.

"맞아요. 상민이는 언제나 지구 반대편을 꿈꿨어요. 그래서 그 배를 탔었나 봐."

나는 적도를 통과해 지구 반대편으로 갔을 때 그가 남긴 메모에 관해 이야기했다. 민경은 한동안 대꾸가 없었다. 한참 뒤 갈라지는 목소리로 상민과 같이 보았던 선장이 나오는 애니메이션 이야기를 했다. 그 만화 주제가가 한때 상민의 노래방 애창곡이었다면서. 그녀와 나는 각자 기억하는 그에 관해 이야기했다. 어느새 우리는 반말과 존댓말을 섞어 말하고 있었다. 서로가 기억하는 상민은 여전히 다른 사람 같았다. 그냥 그대로 그를 기억하기로 했다.

그날 밤 꿈에 한없이 푸르고 너른 바다를 보았다. 종이배를 탄 남자가 바다 한가운데서 노를 젓고 있었다. 강렬한 햇살이 내리쬐어 그의 등이 눈부셨다. 표정을 보고 싶었지만 남자는 돌아보지 않고 스르륵 나아갔다. 나는 종이배가 영영 젖지 않고 멀리 항해가 이어지길 바라며 오래도록 손을 흔들었다.

추천의 글

하성란 소설가

출간워크숍 2기 응모작들을 읽으면서 생각이 많아졌다. 일단 이 프로젝트가 단발에 그치지 않고 2회 차에 이르렀다는 기쁨. 이런 기세라면 3회, 5회 그리고 10회까지도 이어질 수 있으리라는 희망. '셋셋'으로 독자를 만날, 수많은 작가. 그 작가들의 가능성과 확장될 세계를 짐작해보는 일만으로도 벅찼다.

응모작들은 자기만의 목소리로 생생했다. 습작생들에게 나타날 수 있는 기성 작가의 그림자로부터, 유행하는 트렌드로부터 거리를 두고 있었다. 오랫동안 소설을 읽고 써온 이들의 솜씨였다. 매일매일 소설을 생각하지 않고는 불가능한 일이었다. 다양성과 완성도에 감탄하면서도 그

고군분투의 과정이 아프게 와닿았다.

독서 인구는 점점 줄어 1년에 책 한 권을 읽는 이들이 40퍼센트에 불과하다고 한다. 아직도 왜 소설(특히 한국 소설)을 읽어야 하는지 모르겠다는 이들을 만난다. 소설은 꾸며낸 이야기일 뿐이고 소설을 읽는 일은 시간 때우는 것에 불과한 것 아니냐고, 경쟁 사회 속에서 소설 읽기가 어떤 도움이 되는지 모르겠다고 말한다. 그러니 그 한 권의 책조차도 소설이 아닌 자기계발서와 같은 실용서일 가능성이 크다. 그런 시선 속에서도 소설을 읽고 쓰는 이들이 있고, 그들은 결코 이 일을 멈추지 않는다. 하루에도 여러 번 이 일을 계속해야 하는지에 대한 질문과 회의가 교차한다는 것을 잘 알고 있다. 그럼에도 그 열정이 완전히 사라지는 것 또한 두려운 일이라는 것을 알고 있다. "예전만큼의 열의도, 체력도 없지만 (…) 하지 않는다면 어쩐지 더는 살아갈 수 없을 것 같은 기분이 들기 때문이다"(〈지영〉).

한강 작가의 노벨문학상 수상 소식에 가장 먼저 떠오른 것도 이들이었다. 적어도 이제는 소설을 쓴다는 일에 자부심을 가져도 좋지 않을까. 쓸데없는 일을 하고 있다는 편견으로부터 조금은 자유로워질 수 있지 않을까.

그리고 12월 3일 밤, 끔찍한 그 일이 벌어졌다. 검은 하늘을 가르고 헬기들이 저공비행하고 무장한 군인들이 국회로 난입했다. 끔찍한 이기주의와 자기중심적인 사고와 증오가 불러온 야만의 시간, 화면을 통해 실시간으로 그 광경을 보면서도 믿을 수 없었다. 어리둥절한 가운데 여의도로 모인 시민들이 장갑차를 맨몸으로 막아서고 있었다.

계엄이 해제되고 어수선한 가운데 '셋셋'에 실릴 여섯 편의 소설을 다시 읽었다. 시간이 지날수록 공포가 체감되었다. 우리는 우리의 문장을 잃을 뻔했다. 수많은 빗금으로 우리의 문장들이 삭제될 뻔했다. 우리가 쓰고 싶은 이야기를 쓰지 못할 수도 있었다. 우리는 우리의 자유를 빼앗길 뻔했다. 그러자 지금과는 다른 것들이 눈에 띄었다.

현실은 냉혹하고 부조리하다. 김현민의 〈동물원을 탈출한 고양이〉 속 현실도 그렇다. 어린 시절, 일을 나갈 때마다 엄마는 안전을 위해 오빠와 '나'를 집 안에 가둔다. 이제 상황이 바뀌어서 치매에 걸린 엄마를 집 안에 두고

'나'는 바깥에서 문을 잠근다. 기억을 잃고 사물을 판단하지 못하는 엄마에게 일상은 치욕적이고 공포스러워서 기껏 고양이일 뿐인데도 표범으로 생각하고 엄마는 두려움에 빠진다. 하지만 다행인 것은 어린 시절의 '맛동산' 과자에 얽힌 행복한 기억이 있다는 것이다. 먹으면 먹을수록 입천장이 까이는 그 과자의 감각이 선명하게 남아 생의 감각을 일깨운다.

"어떤 것이 상민의 진짜 모습이었을까?" 전은서의 〈경유지〉 속 '나'는 결혼 직전까지 갔던 연인 상민을 제대로 알지 못했다고 깨닫는다. 상민의 어머니와 누나, 장례식에 온 이들이 기억하는 상민의 모습이 낯설 뿐이다. 하지만 상민이 남긴 사진 속에서 속속 발견되는 '나'는 '나'도 한번에 못 알아볼 만큼 낯설다. 그러니 타자에 대한 이해는 어떻겠는가. 그렇기에 자신이 알았던 상민의 모습이 진짜가 아니라도 상관없을 것 같다는 깨달음은 중요하다. 목적지가 달랐다 하더라도 명심해야 할 것은 "그 시간 우리는 함께 있었다"는 것, 그래서 "잠시 기대어 쉴 수 있"었다는 것이다.

양현모의 〈호날두의 눈물〉은 사십대 남자의 현실을 재

치 있게 다룬다. 누구에게나 '호날두'였던 시절은 있다. 경기장을 바람처럼 가르던 때 말이다. 하지만 단순한 호의가 성희롱으로 오해되고 순식간에 '나'는 '개저씨'로 전락하고 만다. 호날두가 '날강두'가 되었듯 말이다. 2019년 7월 K리그와 유벤투스FC의 친선 경기에서 호날두의 경기를 직관할 것으로 한껏 기대에 부푼 '나'와 현주는 끝까지 경기에 나오지 않아 팬들로부터 날강두로 조롱거리가 되는 호날두 사건을 계기로 이별하고 만다. 혁신의 방법을 배운다 해도 자신은 지금 최고의 인기를 누리는 '제트플립'이 될 수 없다. 무심한 가속 노화의 시간 속에서 결국 '나'는 게임에 지고 울어 빈정거림을 받는 호날두의 편에 선다. 그것은 호르몬의 장난이 아니라 이해와 공감의 결과이다.

많은 소설이 구원에 대해 묻는다. 이지연의 〈아이리시 커피〉 속 희수 엄마는 공포의 현장에서 살아남은 딸에게 "주님이 널 지켜주신 거야"라고 말한다. 자신이 오랫동안 해온 기도의 응답이라고, 기적이라고. 그러나 희수는 소미의 죽음을 적극적으로 막지 못한 방관자로서 죄의식에서 벗어날 수 없다. 주님의 사랑은 선택적이고, 당장 아무렇지도 않게 펼쳐진 일상 속에 어떤 두려움이 숨어 있는지조차 몰라 불안할 뿐이다. 유품을 들고 찾아간 소미의 집에서 희수는 소미의 엄마와 마주 앉아 그녀가 끓여 온 라면을 먹으며 소미에 대한 이야기를 나눈다. 그들이 애도의 시간을 보내는 사이 희수는 비로소 비극 앞에 설 수 있는 마음을 굳히게 된다.

사소하고 보잘것없어 보이는 것에 구원이 있다는 걸 아직도 의심하는 사람이 있다. 김혜수의 〈여름방학〉 속 엄마는 "하나님의 사랑으로" "모든 게 다 해결될 거라" 믿는다. "서울에서 하는 '성경 100독' 세미나"에 가서 "성경을 100번" 읽으면 다 해결될 거라고 '나'를 부추긴다. 한여름에 사람들이 잔뜩 몰려든 건물 안은 너무도 무더워서 어린 '나'는 잠깐 혼절했다가 깨어나는데 사람들은 주님의 은혜라고, 새 사람으로 거듭났다고 크게 소리치고 박수친다. 하지만 그 순간 '나'가 확인하는 것은 이곳에 엄마가 그렇게 찾는 구원은 없다는 것이다. 엄마(혹은 주님)가 알려주지 않는 것들을 알려주는 또래 친구 세희, 그 애와 나누는 '도깨비 말'은 둘만의 소통의 방식이고 '아득한 마음'을 담을 수 있는 방언과 같은 구원의 말이다.

구원은 거창한 것이 아니라 이해와 공감이라고 이서희의 〈지영〉에서 지영은 말한다. 이야기를 들어주는 것, 같은 표정으로 고개를 끄덕여주는 것, 정말 힘들었겠구나 하고 위로해주는 것, 누군가는 안아주고 누군가는 울어주는 것. 그러다 성경을 펼쳐보면, 다시 살아갈 힘이 되어줄 구절들이 있는 것. 지영과는 헤어졌지만 '나'는 구원에 대해 생각한다. "내게는 더 이상 구원이 가능할 것 같지 않고 앞으론 그저 버티는 일만 남은 것 같지만" 여전히 시나리오를 쓴다. 그렇지 않으면 더는 살아가지 못할 것 같기 때문이다. 시나리오를 쓰는 일은 구원의 한 방편이다. 구원이 구원을 부른다. 지영과는 더 이상 만나지 않지만 어디에서든 지영이 "잘 살아가기를, 행복해질 자격이 없다는 생각 따윈 하지 않고 살아가기를" 바란다.

여섯 편의 소설은 각자의 방식으로 구원을 이야기한다. 구원은 멀리 있지 않다. 구원의 가능성에 대한 믿음, 이 확신과 진심이야말로 지금 야만의 이 시간에 필요한 것이다.

누군가의 이야기에 귀를 기울이는 것, 그의 마음을 짐작해보는 것, 그래서 그를 이해하게 되는 것, 이것이 소설을 읽고 쓰는 이유이다. 이것은 이 작가들이 가지고 있는 태도이다.

여섯 편의 소설이 그 어느 때보다 귀하게 읽히는 이유이다. 이들은 지금 한국문학의 최전선에 있다.

서유미 소설가

새로운 소설을 읽는 일은 언제나 설렙니다.

한 편의 소설을 읽는다는 건 소설을 쓰고 싶은 마음을 만나는 일이고, 좀 더 잘 쓰고 싶은 열망과 오래 쓰고 싶다는 소망을 들여다보는 일이기도 합니다. 한겨레교육에서 함께 공부해온 분들의 소설을 읽는 동안에는 애틋한 마음이 더해져 정독하는 데 시간이 오래 걸렸습니다.

출간워크숍 2기 응모 작품들은 한 편의 소설도 비슷한 작품이 없을 정도로 개성이 강했습니다. 각 소설마다 장점도 또렷해서 자신의 고유한 색을 잘 간직하며 쓰고 있구나, 안도하고 감탄했습니다.

멘토링에서 만난 이지연 님의 〈아이리시커피〉는 소설을 오래 써온 분의 장점이 잘 드러나는 안정적인 소설이었습니다. 단정한 문장과 한 명의 인물, 하나의 사건도 놓치지 않으려는 따뜻한 시선이 인상적이었습니다. 양현모 님의 〈호날두의 눈물〉은 유려한 입담으로 서사를 밀고 나가는 힘이 있었고 주인공을 형상화하는 솜씨가 뛰어난 소설이었습니다.

다른 네 편의 소설 〈경유지〉 〈동물원을 탈출한 고양이〉 〈여름방학〉 〈지영〉도 즐거운 마음으로 읽었습니다. 저마다 다른 지점에서 다른 색의 빛을 내는 소설들이었습니다. 그 빛이 사라지지 않고 더 멀리 퍼져나가기를 기대하며 응원을 보냅니다.

우리는 함께 소설을 쓰는 동지들입니다. 저는 언제까지나 여기 계신 분들의 소설을 읽고 싶습니다. 독자분들도 지금 여기에서 뜨겁게 자신의 세계를 만들어가고 있는 새로운 작가들의 소설을 읽어봐주시길 바랍니다.

김현영 소설가

상민, 민경, 해연, 희수, 소미, 세희, 현주…….

아는 사람일 것도 같은 그 이름들을 불러본다.

전성기의 호날두를 '날강두'로 만들어버리는 '가속 노화'의 시간. 누군가는 '개저씨'가 되고 누군가는 루이소체 치매 환자가 되기도 하는 그 시간.

"눈치껏 알아서 자라"버린 아이들은 더는 "호의를 기대할 수 있는 사람이 되고 싶지" 않다. "한때 내가 꾸었던 꿈이 나를 산 채로 잡아먹는 괴물이라는 사실을 깨달아간다는 게 내가 속한 성운의 보편적인 서사"이기 때문이다.

'폭망'의 냄새는 제아무리 '엘라스틴'을 해도 "전지현 냄새"로 바뀌지 않는다. 유혹적인 "텀블러의 입맞춤"조차 앞으로 다가올 모든 날에 더는 어떤 입맞춤도 없으리라는 강력한 예고편일 뿐이다. 간혹 운이 좋아 "내가 아니어서 다행"이라는 생각을 숨길 수조차 없어지기도 하지만 결국 도달하는 곳은 "나는 행복해질 자격이 없는 사람"이라는 것, "죽으면 모든 게 끝"이라는 것.

도태되어버린 구형 휴대전화의 남은 수명에 기생하며

입천장이 까지도록, 아니 한 존재가 산산이 까이도록 '맛동산'을 먹어주어도 닿아야 할 곳에 닿지 못한다. 남극크릴새우잡이 원양어선의 냉동고에 실린 채 목적지도 아닌 겨우 경유지를 향해 오고 있는 주검이 된 자, 그가 바로 우리이기에.

구원이 될 수 있는 건 오직 구원뿐이지만 어디에도 구원은 없다. '뽕따'가 녹은 액체에 익사해가는 개미를 바라보는 무심한 눈, 통독되기도 전에 늘어나버린 값비싼 성경 말씀 카세트테이프. 신은 오직 그곳에 있을 뿐이지만 그럼에도 불구하고 여섯 명의 작가는 "어쩌면 구원 같은 것"을 "진심으로 믿는 사람만이 낼 수 있는 목소리"로 들려준다.

GOD는 아니어도 'god'일 수는 있다고, "다른 존재에 빌붙어 사는 것이 결코 부끄러운 게 아니"라고, "울더라도 현역에서 뛰는 게" 어디냐고, 종이배를 타고 홀로 망망대해를 떠도는 당신을 향해 오래도록 손을 흔들고 있을 거라고. 그러니 "누구에게도 말하지 못했던 비밀"을 이렇게 읽음으로써 꺼내게 되어도 괜찮다며 해태제과 자수가 놓인 수건을 꺼내 당신의 치부를 닦아준다. 카페인과 알코올이 최선으로 배합된 "아이리시커피" 한 잔으로 당신의 혈류를 각성시킨다. 막막함으로 들끓는 우리의 현실에 "여름방학"과도 같은 "경유지"의 시간을 마련하는 일을, 그 '저속 노화'의 시간을 창조하는 일을 먹먹히 지속한다.

우리는, 우리가 어디로 가야 할지 모르는 "보통 사람들". 그러니까 우린 모두 "지영"이기에.

2 0 2 5

초판 1쇄 인쇄 2025년 1월 25일
초판 1쇄 발행 2025년 1월 30일

지은이 김혜수 이서희 김현민 이지연 양현모 전은서
펴낸이 이상훈
문학팀 박선우 최해경 박지호
마케팅 김한성 조재성 박신영 김애린 오민정

펴낸곳 (주)한겨레엔 www.hanibook.co.kr
등록 2006년 1월 4일 제313-2006-00003호
주소 서울시 마포구 창전로 70(신수동) 화수목빌딩 5층
전화 02-6383-1602~3
팩스 02-6383-1610
대표메일 munhak@hanien.co.kr

ISBN 979-11-7213-204-0 03810

• 값은 뒤표지에 있습니다.
• 파본은 구입하신 서점에서 바꾸어 드립니다.